KB062775

회색노트

로제 마르탱 뒤 가르 지음 | 김재천 옮김

소담출판사

김재천

1950년 제주 출생. 다형시문학상 수상. 한국시문학상 시분과 회원. 국제펜클럽 회원.
현, 국민일보 주간국 취재부장으로 있으며, 시집으로 『배반의 시어』『베베에게』 등이 있다.
역서로 『귀향』『위대한 유산』『가진 자와 안 가진 자』『향수』 등 다수가 있다.

sodampublishingcompany

BESTSELLERWORLDBOOK 24

회색노트

펴낸날 | 1992년 3월 10일   초판   1쇄
　　　　 2002년 2월 25일   초판   24쇄
　　　　 2003년 1월 10일   중판   1쇄

지은이 | 로제 마르탱 뒤 가르
옮긴이 | 김재천
펴낸이 | 이태권
펴낸곳 | 소담출판사
　　　　 서울시 성북구 성북동 178-2 (우)136-020
　　　　 전화 | 745-8566~7 팩스 | 747-3238
　　　　 e-mail | sodam@dreamsodam.co.kr
　　　　 등록번호 | 제2-42호(1979년 11월 14일)

ISBN 89-7381-024-3 00860
● 책 가격은 뒤표지에 있습니다

www.dreamsodam.co.kr

Le Cahier Gris

Roger Mattin du Gard

이 작품을 친애하는 피에르 마르가리티스의 영전(靈前)에 바친다.
1918년 10월 30일, 육군병원에서 사망한 그의 죽음은 고결하고 순결한
그의 마음속에서 영글고 있던 힘찬 작품을 파괴해 버렸다.
R. M. G

Le Cahier Gris

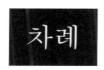

1

보지라르 가(街)의 모퉁이에 이르러 학교 건물을 끼고 걸어가다
가, 지금까지 오는 동안 아들에게 아무 말도 하지 않고 있던 티보
씨가 갑자기 멈춰 섰다.

"아, 이번엔, 앙투안, 이번엔, 정말이지 못 참겠다!"

청년은 대답이 없었다.

학교 문은 닫혀 있었다. 일요일인데다 밤 9시였다. 수위가 들창
문을 반쯤 열었다.

"동생이 어디 있는지 아세요?"

앙투안이 외쳤다.

수위는 눈을 둥그렇게 떴다. 티보 씨는 발을 굴렀다.

"비노 신부(神父)를 찾아 주게."

수위는 앞장서서 두 사람을 응접실까지 안내하고, 호주머니에서 양초를 꺼내어 촛대 위에 꽂고 불을 켰다.

몇 분이 지나갔다. 숨이 가빠진 티보 씨는 의자 위에 털썩 주저앉았다. 그는 이를 악물고 또다시 중얼거렸다.

"이번엔, 정말 이번엔……."

"실례합니다."

방금 소리 없이 방안으로 들어온 비노 신부가 말했다. 키가 몹시 작은 신부는 앙투안의 어깨 위에 손을 얹으려면 몸을 추켜세우지 않으면 안 되었다.

"안녕하셨소, 젊은 의사 선생! 그래 웬일이오?"

"동생은 어디 있습니까?"

"자크 군(君) 말씀입니까?"

"그 애가 아직 집에 돌아오지 않았단 말이오!"

의자에서 벌떡 일어나면서 티보 씨가 외쳤다.

"그렇다면 어디를 갔을까요?"

신부는 별로 놀라지도 않은 채 말했다.

"여기서 벌을 받고 있겠죠!"

신부는 손을 슬그머니 허리띠 아래로 넣었다.

"자크 군은 벌 받은 일이 없습니다."

"뭐라고요?"

"자크 군은 오늘 학교에 나오지 않았습니다."

일은 커졌다. 앙투안은 신부의 얼굴에서 눈을 떼지 않고 있었다. 티보 씨는 어깨를 흔들면서 푸석한 얼굴을 신부에게로 돌렸다. 그의 무거운 눈꺼풀은 지금까지 거의 치켜 떠진 일이 없었다.

"어제, 자크는 네 시간 동안 벌을 섰다고 하더군요. 오늘 아침엔 평상시와 마찬가지로 집에서 나갔는데, 11시쯤 우리들이 모두 미사를 보러 간 틈에 돌아왔었다고 합니다. 집엔 가정부 외엔 아무도 없었지요. 네 시간 섰던 벌을 오늘은 여덟 시간 서게 됐으니까 점심 먹으러 돌아오지 못하겠노라고 말하더라는 게요."

"순전히 지어낸 말이로군요."

신부는 힘을 주어 말했다.

"오후에 난, 르뷔 데 되 몽드 사에 마감이 늦은 시사 원고를 갖다 줘야겠기에 외출을 하였었소."

티보 씨는 말을 계속했다.

"편집국장과 만나 이야기를 나누다 저녁때가 되어서야 돌아왔는데, 자크가 그때까지도 돌아오지 않았소. 8시 반이 되어도 소식이 없었어요. 그래, 걱정스러워 병원에서 숙직을 하고 있던 앙투안을 불러내어 여기까지 온 거요."

신부는 생각에 잠긴 듯 입술을 깨물고 있었다.

티보 씨는 눈을 절반쯤 치켜 뜨고 신부에게로 그리고 다시 아들에게로 날카로운 시선을 던졌다.

"그럼, 앙투안?"

"아버지, 그렇다면…… 계획적인 가출이라면 무슨 사고가 일어났을 염려는 없겠는데요."

청년은 말했다.

그의 태도는 어딘가 상대방을 안심시키는 데가 있었다. 티보 씨는 의자를 하나 잡아당겨 앉았다. 그의 민첩한 두뇌는 이곳저곳 아들이 갔음직한 곳을 가늠해 보고 있었다. 그러나 지방(脂肪)으로 마비되어 버린 그의 얼굴에는 아무런 표정도 나타나 있지 않았다.

"그럼……."

그가 다시 말했다.

"어떻게 하지?"

앙투안은 이리저리 궁리해 보았다.

"오늘은 어떻게 할 도리가 없어요. 기다릴 수밖에요."

하긴 그랬다. 그러나 아버지로서의 권위로 단번에 일을 해결할 수 없다는 것과 이틀 후에 브뤼셀에서 열릴 정신과학 회의에 자기가 프랑스 지부(支部)를 주재하도록 초청을 받았다는 것을 생각하였을 때, 티보 씨의 이마에는 한줄기 분노의 불길이 타올랐다. 그는 벌떡 일어섰다.

"경찰에 신고해서 샅샅이 찾아봐야지! 프랑스엔 아직 경찰이란 것이 있거든. 나쁜 놈들은 모두 잡아내지 않느냐 말이야!"

그가 외쳤다.

그의 저고리는 양 옆구리 밑으로 늘어져 있었다. 턱밑의 주름은 칼라 끝 사이에 끼어서 펴질 줄을 모르고, 마치 고삐를 끌어당기는 말처럼 턱을 앞으로 내밀고 있었다.

'이런 망할 자식! 차라리 기차에나 치여 죽어 버렸으면!'

그는 생각했다.

그러자 순식간에 그에게는 모든 게 다 해결된 듯싶었다. 회의에서의 연설도 그렇고, 부의장이 될지도 모를 것이다. 그러나 그와 거의 동시에 들것에 실린 어린 아들이 그의 눈앞에 떠올랐다. 그리고 촛불을 켜 놓은 빈소 안의 불행을 당한 아비로서의 자기의 태도, 여러 사람들의 동정……. 그는 부끄러운 생각이 들었다.

"이런 걱정 속에 하룻밤을 보내야 하다니!"

그는 큰 소리로 다시 말하였다.

"견디기 어렵습니다, 신부님. 아비 된 사람으로서 오늘 밤과 같은 때를 겪는다는 건 속상한 노릇이오."

그는 문 쪽으로 발걸음을 옮기고 있었다. 신부는 허리띠 밑에서 손을 꺼냈다.

"저, 그런데……."

그는 눈을 내리깔면서 말했다. 검은 머리칼로 반쯤 덮여진 그의 이마와 턱으로 내려가면서 삼각형으로 뾰족하게 좁아지는 그의 간사스런 얼굴이 촛불에 비춰지고 있었다. 그의 볼에는 빨갛게 핏기가 돌았다.

"실은 아드님에 관해서 조그만 문제가 하나 생겼는데, 오늘 저녁에 알려 드려도 좋을는지 망설이고 있던 참입니다. 얼마 전에 있었던 일입니다만, 그것이 대단히 유감스러운 일이어서…… 하지만 이번 일하고 어떤 관련이 있는 것 같아서…… 바쁘시지 않으시다면…….”

피카르디(프랑스의 한 지방) 사투리가 그의 머뭇거리는 어조를 더 무겁게 만들고 있었다. 티보 씨는 대답을 하지 않은 채 의자로 돌아와 눈을 감고 털썩 주저앉았다.

“지난 며칠 동안에 아드님에게 극히 중대한 과오가 있는 것을 발견하게 되었습니다. 퇴학을 시키겠다고 위협을 해 보기도 했지요. 그야 물론 겁을 주려고 한 말이었지만요. 자크 군이 아무 말도 하지 않던가요?”

“그놈이 얼마나 위선자인지 신부님도 잘 알고 계시지 않습니까? 늘 그랬듯이 아무 말도 안 하였소.”

“아드님에게 중대한 결점이 있기는 하지만, 근본적으로 나쁜 아이는 아닙니다.”

신부는 말을 정정하였다.

“이번 일에 있어서 죄를 짓게 된 것은 무엇보다도 유혹에 못 이겨 어쩔 수 없이 끌려 들어갔기 때문이라고 생각됩니다. 위험한 친구, 유감스럽게도 이 나라의 공립 중·고등학교에는 불량소년들이 적잖이 있는데, 바로 그러한 친구의 영향 때문이지요.”

티보 씨는 신부에게 불안스러운 시선을 던졌다.

"차근차근 말씀드리자면, 지난 목요일이었습니다……."

신부는 다시 기억을 더듬고 나서 어쩐지 즐거운 듯한 어조로 계속 말하였다.

"아닙니다. 용서하십시오, 그저께 금요일이었습니다. 그렇습니다. 바로 금요일 아침 자습 시간 중의 일이었습니다. 정오가 되기 조금 전이었어요. 늘 하는 것처럼 불쑥 교실로 들어갔지요……."

그는 앙투안에게 눈을 깜빡거려 보였다.

"소리나지 않도록 살그머니 문의 손잡이를 돌리고 단숨에 벌컥 열어젖히면서 말입니다. 그런데 말씀이지요. 교실 안에 들어서자 자크 군이 눈에 띄었습니다. 바로 문 앞에 앉혀 두었으니까요. 책상으로 가서 펼쳐진 사전을 들어 보았더니 불온한 책이 있더군요. 이탈리아에서 번역한 것인데, 작가의 이름은 잊어버렸습니다만 『암벽의 처녀』라는 것이었습니다."

"잘하는 짓이군!"

티보 씨는 소리쳤다.

"자크 군이 어쩔 줄 몰라 당황해하는 품이 그 밖에도 다른 걸 감추고 있는 것 같았습니다. 늘 겪는 일이니까요. 때마침 식사 시간이 되었습니다. 종이 울렸을 때 감독 선생에게 학생들을 식당으로 인솔하여 나가게 했지요. 그러고 나서 학생들이 모두 밖으로 나간 뒤에 자크 군의 책상 서랍을 열어 봤지요. 책이 두 권 또 있었습니다. 장 자크 루소의 『참회록』과 죄송한 말씀이지만, 더구나 용서할 수 없는 것은, 졸라의 추잡스런 소설 『무레 신부의 죄』였습니다.”

“저런 몹쓸 놈 같으니!”

“책상 서랍을 닫으려다가 불현듯 가지런히 세워 놓은 교과서 뒤에 손을 넣어 보고 싶은 생각이 들었습니다. 거기서 표지가 회색의 헝겊으로 된 노트 한 권을 집어냈는데, 사실 언뜻 볼 때는 그다지 이상하게 보이지 않았습니다. 노트를 펼쳐서 처음 몇 페이지를 읽어 봤지요……”

신부는 날카롭고 매정한 눈초리로 두 사람을 쳐다보았다.

“그게 무엇인지 알았습니다. 곧 압수한 것들을 잘 간직해 두었다가 점심 시간에 찬찬히 조사해 보았습니다. 정성스럽게 제본이 된 책들의 뒷면 아랫부분에 ‘F’라는 머리글자가 박혀 있었습니다. 그리고 그 회색 노트는— 이것이 중요한 물건, 말하자면 증거물이지요 — 일종의 편지 노트였습니다. 전혀 다른 두 사람의 필적으로 쓰여져 있었는데 자크 군의 필적으로 쓰여진 편지에는 ‘J’라는 사인이 있고, 또 하나는 누구의 글씨인지는 몰라도 사인이 대문자로 ‘D’라고 되어 있더군요.”

신부는 잠깐 말을 끊었다가 다시 목소리를 낮추어 말했다.

“편지의 문체며 그 내용을 볼 때, 유감스럽게도 그 우정이 어떠한 성질의 것인지는 의심할 여지가 없었습니다. 그래서 저는 그 힘있고 늘씬한 글씨를 한순간 여학생, 아니 그보다는 어떤 여인의 글씨일 거라고 추측했었습니다. 그러나 내용을 자세히 읽어 본 다음 누구의 것인지 모를 그 필적이 자크 군의 친구가 쓴 것이란 걸 알았습니다. 그는 다행히 우리 학교의 학생은 아니었고, 필시 자크 군이 중학교에서 사귄 어떤 불량 학생인 듯했습니다. 확실한 것을 알고자 그날로 중학교 교도주임을 찾아갔었습니다. 그 키야르 선생 말입니다.”

신부는 앙투안을 바라보며 말했다.

“그는 마음이 곧은 인물이고, 기숙 학교에서 일어나는 많은 일을 경험하셨지요. 학생의 이름은 곧 알 수 있었습니다. ‘D’라고 서명을 한 문제의 범인은 3학년 학생인데, 자크 군과는 친구이며 퐁타냉, 다니엘 드 퐁타냉이란 학생이었습니다.”

“퐁타냉이라고요? 옳아!”

앙투안이 외쳤다.

“아버지, 아시지요? 여름에 메종라피트에 와서 사는 사람들 있잖아요. 숲 곁에 말씀이에요. 아닌 게 아니라 지난겨울에 밤늦게 돌아와 보면, 자크가 그 퐁타냉이란 아이가 빌려 준 책을 읽고 있다가 제게 들킨 적이 몇 번인가 있었어요.”

“뭐라고! 빌려 준 책? 왜 내게 진작 말하지 않았니?”

“뭐 별로 위험한 책처럼 보이지는 않았어요.”

앙투안은 신부를 마주 본 상태에서 대들기나 하려는 듯이 대답하였다. 그러고는 별안간 아주 앳된 웃음이 언뜻 지나가며, 생각에 잠긴 그의 얼굴을 빛나게 하였다.

“빅토르 위고.”

그는 계속 설명했다.

"혹은 라마르틴의 시집이었습니다. 강제로 잠자게 하려고 등잔을 빼앗곤 했었지요."

신부는 입술을 쑥 내밀고 있었다. 그는 보충 설명을 하려는 것이었다.

"더욱 중대한 것은 그 퐁타냉이란 애가 프로테스탄트라는 사실입니다."

"그건 나도 알고 있소."

티보 씨는 짜증이 나서 외쳤다.

"그런데 퍽 좋은 학생이더군요."

신부는 자신이 공정하다는 것을 나타내기 위하여 곧 말을 이었다.

"키야르 선생은 이렇게 말했습니다. '덩치가 크고 진중해 보이는 학생입니다. 주위 사람들을 감쪽같이 속이고 있었군요. 어머니 되는 사람도 점잖은 것 같았는데.'라고요."

"아! 그의 어머니……."

티보 씨는 신부의 말을 가로막았다.

"점잖은 척하지만 어찌할 수 없는 사람들이오. 메종라피트에선 아무도 가까이하지 않는다오. 마지못해 인사나 나누는 게 고작이지. 아, 네 동생은 매우 좋은 친구를 두었구나!"

"위험한 친구지요."

신부는 한숨을 지었다.

"프로테스탄트들은 겉으로는 엄숙한 척하지만, 그 실상이란 뻔하지 않습니까?"

"하여간 우린 중학교에서 모든 걸 자세히 알아 가지고 돌아왔습니다. 그래서 정식으로 훈육 회의를 열려고 생각하고 있었는데, 토요일인 어제 아침 수업이 막 시작되었을 무렵 자크 군이 제 방으로 뛰어 들어왔습니다. 말씀드린 그대로 뛰어든 겁니다. 얼굴이 파랗게 질린 채 이를 악물고 있었습니다. 문에서부터 인사 한마디 없이 이렇게 소리를 지르더군요. '책을 도둑맞았어요. 글을 써 둔 노트도 없어지고요!' 제가 그렇게 뛰어 들어오는 것은 좋지 않은 행동이라고 말해 주었지만 자크 군은 아무 말도 듣지 않았습니다. 평소엔 그렇게도 맑던 눈이 골이 나서 빨갛게 충혈이 되어 있었습니다. '제 책을 훔친 건 선생님이시지요? 선생님이시지요?' 하고 소리를 질렀습니다."

신부는 얼빠진 미소를 띠면서 덧붙였다.

"그리고 나중엔 이런 말까지 하더군요. '만약 선생님께서 그걸 함부로 읽으신다면 전 죽어 버리겠어요.'라고요. 저는 달래 보려고 애를 써 봤지만 이쪽은 말도 하지 못하게 했어요. '제 노트 어디 있어요? 돌려주세요! 돌려주시지 않으신다면 모조리 부숴 버리겠어요!' 그러더니 말릴 사이도 없이 책상 위에 놓여 있던 수정 문진(文鎭)을 집어들었습니다. 앙투안 씨는 혹 보았는지요? 졸업생들이 퓌 드 돔(프랑스의 한 주)에서 기념으로 갖다 준 바로 그 문진 말입니다. 그

걸 벽난로의 대리석에다 힘껏 내던졌습니다. 그야 좀 부서진들 어떻겠습니까만……."

신부는 티보 씨의 민망해하는 몸짓을 보고 성급히 덧붙였다.

"이런 사소한 일까지 자세히 말씀드리는 것은 아드님이 얼마만큼 흥분했었는가를 알려 드리기 위해서입니다. 그러고는 마룻바닥을 구르며 신경질적인 발작을 일으켰습니다. 가까스로 붙들어서 제 방 옆에 있는 작은 기도실에 끌어다 넣고 문을 잠가 버렸지요."

"아!"

티보 씨는 주먹을 쳐들면서 말했다.

"가끔씩 미치광이처럼 구는 일이 있어요. 앙투안에게 물어보시오. 조금만 제 비위에 거슬리면 그렇게 발광을 해서 저 하자는 대로 해 줄 수밖에 없곤 한답니다. 얼굴이 시퍼렇게 되어서 목에 핏대를 세 우고 금방이라도 사람을 죽일 것 같지요."

"그야 저희 티보 집안 사람들은 모두가 성질이 급하니까요."

앙투안이 수긍하듯이 말하였다.

그가 그것에 대해 유감스럽게 여기는 빛이 조금도 없었으므로 신 부는 미소로써 그 말을 인정해야만 했다.

"한 시간이 지난 후, 놓아주려고 들어가 보니까 두 손으로 머리를 감싸쥐고 책상 앞에 앉아 있더군요. 제가 들어가니까 무서운 눈초리 로 저를 바라보았습니다. 사죄를 하라고 권해 보았지만 묵묵부답이 더군요. 얼마 후 제 방까지 순순히 따라오기는 했지만 머리칼을 헝클어뜨린 채 눈을 내리깔고 고집불통의 표정을 짓고 있었습니다. 그 부서진 문진 조각을 줍게 하였지요. 그래도 그냥 이를 악물고 있었습니다. 그래, 기도실로 데리고 갔지요. 한 시간쯤 주님과 함께 있게 하는 것이 좋을 것 같다는 생각이 들어 그곳에 있게 했던 겁니다. 그리고 한 시간이 지난 뒤에 저는 자크 군의 곁에 가서 꿇어앉았지요. 그때 보니까 울고 있었던 모양이었습니다. 그렇지만 기도실 안이 어두웠기 때문에 꼭 그랬다고 단정할 수는 없습니다. 저는 낮은 목소리로 여남은 번 기도를 드렸지요. 그러고 나서 타일렀습니다. 나쁜 친구 때문에 귀한 아들의 마음이 더럽혀졌다는 것을 아버지께서 아신다면 얼마나 슬퍼하실 것인가 생각해 보라고 하였지요. 저의 말은 듣기도 싫다는 듯이 자크 군은 팔짱을 낀 채 머리를 쳐들고 제단만을 똑바로 바라보고 있었습니다. 아직 성이 가라앉지 않은 채 버티고 있는 것을 보고는 그만 교실로 돌아가라고 했습니다. 교실로 돌아가서도 저녁때가 되기까지 제자리에 앉아서 책 한 권 펼치려 들지 않고 팔짱을 낀 채로 있었습니다. 저는 일부러 못 본 체하고 있었지요. 7시가 되자, 여느 때와 같이 집으로 돌아갔습니다만 돌아간다는 인사를 하러 오지도 않았지요. 사건의 경위는 대강 이렇습니다."

신부는 매우 흥분된 눈초리로 이야기를 끝맺었다.

"중학교 교도주임이 그 퐁타냉이란 놈에게 어떤 처벌을 내리는지 좀 알아보고 나서, 이 문제를 알려 드리려고 생각하고 있던 참입니다. 아마 당장 퇴학이겠지요. 그런데 오늘 밤 이렇게 근심하고 계신 것을 뵙고…….”

“신부님.”

티보 씨는 마치 방금 뛰어온 사람처럼 헐떡거리면서 신부의 말을 가로막았다.

“말씀드릴 것도 없지만 큰일났습니다! 그 성질에 또 무슨 일을 저질러 놓을지 생각하면…… 큰일났습니다.”

그는 생각에 잠긴 듯 낮은 목소리로 되풀이하였다. 그러고는 머리를 앞으로 내밀고 두 손을 무릎 위에 올려놓은 채 움직이지 않고 우두커니 앉아 있었다. 만약 회색 수염 밑에서 아랫입술과 하얀 턱수염이 희미하게 바르르 떨고 있지 않았던들 그의 내리깐 눈꺼풀은 보는 사람에게 잠들어 있는 듯한 인상을 주었을 것이다.

“망할 녀석!”

그는 갑자기 턱을 앞으로 쑥 내밀면서 외쳤다. 그때 속눈썹 사이로 솟아 나온 그의 날카로운 시선은 무기력해 보이는 외모를 그대로 받아들이는 것은 잘못임을 일깨워 주기에 충분하였다. 그는 다시 눈을 내리깔고 몸을 앙투안에게로 돌렸다.

청년은 바로 대답을 하지 않았다. 그는 턱수염을 어루만지면서 눈살을 찌푸린 채 땅바닥을 내려다보고 있었다.

“병원에 들러서 내일은 나가지 못하겠다고 이야기해 두겠습니다.”

앙투안이 말했다.

"내일 아침 일찍 그 퐁타냉이란 아이한테 가서 알아보도록 하지요."

"아침 일찍?"

티보 씨는 기계적으로 되풀이하였다. 그는 일어섰다.

"하여튼 오늘 밤엔 한숨도 잘 수 없을 것 같구나."

그는 한숨을 쉬고 방문 쪽으로 걸어갔다.

신부는 그의 뒤를 따랐다. 뚱뚱한 티보 씨는 방문을 나서면서 신부에게 맥 빠진 손을 내밀었다.

"야단났군요."

그는 눈을 들지도 않고 다시 한숨을 쉬었다.

"주님께서 도와 주시도록 우리 모두 기도 드립시다."

비노 신부가 공손히 말하였다.

아버지와 아들은 한동안 묵묵히 걸었다. 거리에는 인기척도 없었다. 바람은 잠잠하고 저녁 기온은 온화하였다. 5월 초순이었다.

티보 씨는 집을 나간 아들을 생각하였다.

"바깥에서 자더라도 그리 춥지는 않겠군."

아들에 대한 걱정 때문에 그의 다리는 후들후들 떨렸다. 그는 발길을 멈추고 아들에게로 돌아섰다. 앙투안의 태도는 그를 얼마만큼 안심시켜 주었다. 그는 맏아들을 사랑하고, 자랑스럽게 여겼다. 특히 오늘 밤은 작은아들에 대한 미움이 한층 더 커졌던 만큼 유달리 맏아들이 듬직하게 느껴졌다. 그가 자크를 사랑하지 않는 것은 아니었다. 자크 역시 조금이라도 그의 자부심을 만족시킬 만한 일을 해 주었더라면 그의 애정을 불러일으킬 수가 있었을 것이다. 그러나 엉뚱하고 빗나가는 자크의 행동은 용납될 수 없었으며, 늘 그의 자존심에 손상을 입히는 것이었다.

"크게 소문이 나지 않았으면 좋으련만!"

그는 이렇게 중얼거리면서 앙투안에게로 가까이 갔다. 그러고는 목소리를 가다듬어 말했다.

"오늘 밤 숙직을 그만둬 주어서 고맙구나."

그러자 그는 자기가 표현하고 있는 감정이 어색하게 느껴졌다. 청년 또한 아버지 이상으로 어색해져 아무 대답도 하지 않았다.

"앙투안…… 오늘 밤 네가 곁에 있어 주어 여간 든든하지 않구나."

티보 씨는 생전 처음으로 그의 팔을 아들의 팔 밑으로 슬며시 넣으면서 나직이 말하였다.

2

일요일 정오쯤 집으로 돌아온 퐁타냉 부인은 현관에 아들의 편지가 있는 것을 보았다.

"다니엘은 베르티에 씨 댁에 점심 초대를 받아서 간다고 써 놓았구나."

그녀는 제니에게 말하였다.

"제니, 너 오빠가 왔을 때 보지 못했니?"

"못 봤어요."

제니는 대답했다.

소녀는 안락의자 밑에 쪼그리고 있는 강아지를 잡으려고 엎드려 기어다니고 있었다. 제니는 좀처럼 일어나지 않았다. 한참 후에야 퓌스를 두 팔로 얼싸안고 연방 뽀뽀를 해 대면서 자기 방으로 뛰어가 버렸다.

점심 식사 때 제니는 말했다.

"엄마, 저 머리가 아파요. 밥 먹고 싶지도 않고. 어둡게 하고 누워 있었으면 좋겠어요."

퐁타냉 부인은 제니를 침대에 눕히고 커튼을 내렸다. 제니는 이불 속으로 기어 들어갔지만 잠이 오지 않았다. 몇 시간이 지났다. 퐁타 냉 부인은 그날 오후 딸의 이마 위에 여러 번 그 따뜻한 손을 올려 놓았다. 저녁때가 되자 제니는 애정과 불안에 지쳐서 어머니의 손을 꼭 잡고 눈물을 참지 못해 어머니의 손에다 얼굴을 파묻었다.

"어지러운 모양이구나. 어디…… 열이 좀 있는데……."

시계종이 7시 그리고 8시를 알렸다. 퐁타냉 부인은 저녁 식사를 함께 먹으려고 다니엘을 기다리고 있었다. 다니엘이 미리 이야기하 지도 않고 식사에 빠지는 일은 지금까지 한 번도 없었다. 더구나 일 요일 저녁에 어머니와 누이동생 단둘이서 식사를 하도록 할 리는 없었다. 퐁타냉 부인은 발코니로 나가 난간 위에 팔꿈치를 올려놓았 다. 저녁 바람은 잔잔하였다. 이따금 지나가는 사람들은 옵세르바트 아르 가(街)를 걸어가고 있었다. 어둠은 나뭇가지 사이에서 깊어 가 고 있었다. 그녀는 가로등이 던지고 있는 불빛 속에서 몇 번이나 다 니엘의 걸음걸이를 본 듯하였다. 뤽상부르 공원에서 북 치는 소리가 들렸다. 밤이 되었다.

부인은 모자를 쓰고 베르티에 씨 집으로 달려갔다. 베르티에 씨가족들은 모두 이틀째 시골에 가 있어서 그곳엔 아무도 없었다. 다니엘이 거짓말을 하였던 것이다.

퐁타넹 부인에게는 그런 거짓말의 경험이 없었던 것은 아니었다. 그러나 다니엘이, 그녀의 아들인 다니엘이 거짓말을 한 것은 이번이 처음이었다. 열네 살에 벌써!

제니는 자지 않고 있었다. 온갖 소리에 귀를 기울이고 있었던 것이다. 소녀는 어머니를 불렀다.

"다니엘은?"

"오빠는 잠이 들었다. 네가 잠든 줄만 알고 깨우지 않았어."

그녀의 목소리는 자연스러웠다.

'어린것을 걱정시켜 무엇하랴?'

밤이 깊었다. 퐁타넹 부인은 아들이 들어오는 소리를 들을 수 있도록 복도로 난 문을 조금 열어 놓고 안락의자에 앉았다.

한밤이 다 지나가고 날이 밝아 왔다.

7시쯤 강아지가 짖으면서 일어섰다. 초인종이 울렸던 것이다. 퐁타넹 부인은 현관으로 뛰어나갔다. 하인들이 눈치채지 못하도록 손수 문을 열기 위해서였다.

그러나 문 앞에 서 있는 사람은 수염을 기른 낯선 청년이었다.

'사고라도 난 것일까?'

앙투안은 자신의 이름을 말한 다음, 학교에 가기 전에 다니엘을 좀 만나 보았으면 좋겠다고 말했다.

"그런데 그만…… 오늘 아침엔 그 애를 만날 수 없겠는데요."

앙투안은 놀란 몸짓을 하였다.

"제가 무례하게 억지를 쓰는 것 같습니다만…… 실은 아드님과 가장 친한 제 동생이 어제부터 행방불명입니다. 그래서 저희 집에서 매우 걱정하고 있습니다."

"행방불명이라고요?"

부인의 손이 머리에 쓰고 있던 흰 머릿수건을 꽉 그러쥐었다. 그녀는 응접실 문을 열었다. 앙투안은 그녀를 따라 들어갔다.

"다니엘도 어젯밤에 돌아오지 않았어요. 그래서 저 역시 걱정을 하고 있었지요."

부인은 머리를 수그렸다가 이내 고개를 쳐들고는 덧붙였다.

"그런데 지금 그 애의 아버지는 파리에 있질 않아요."

여태껏 앙투안이 느껴 보지 못했던 진실함과 솔직함이 이 여인의 얼굴에 넘쳐흐르고 있었다. 불안에 싸여 밤을 꼬박 새운데다 뜻하지 않은 방문을 받자, 그녀는 청년의 눈앞에 꾸밈없는 낯을 보였던 것이다. 거기에는 여러 가지 감정이 순수한 색채들인 양 연달아 나타나고 있었다. 두 사람은 몇 분 동안 서로 멍하니 마주 보았으나, 이내 제각기 자기 생각 속에 빠져들었다.

그날 아침 앙투안은 탐정이나 된 듯이 신이 나서 침대에서 일어났다. 그는 자크가 도망친 것을 그다지 비관적으로 생각지 않았으며, 오로지 그의 호기심만이 강하게 움직이고 있을 뿐이었다. 그리하여 그 어린 공모자에게 슬그머니 자초지종을 알아내려고 왔던 것이다. 그러나 사건은 더욱 커졌다. 그는 오히려 그것이 흥미로웠다. 이 같은 돌발 사건에 부딪히자 그의 눈은 번뜩이고 네모진 수염 아래 있는 그의 턱, 티보 가의 억센 턱이 불끈 움츠러들었다.

"아드님은 어제 아침 몇 시쯤 나갔습니까?"

그는 물었다.

"일찍 나갔어요. 그런데 조금 있다가 다시 돌아왔었어요."

"아! 10시 반에서 11시 사이가 아니었습니까?"

"아마 그쯤 되었을 것 같군요."

"제 동생이 돌아왔던 시간과 비슷합니다. 함께 간 겁니다."

그는 딱 잘라서 즐거운 말투로 결론을 내렸다.

바로 그때 약간 열려져 있던 방문이 활짝 젖혀지면서 속옷 바람의 제니가 양탄자 위에 털썩 거꾸러졌다. 퐁타넹 부인은 "앗!" 하고 소리를 질렀다. 앙투안은 어느새 기절한 아이를 일으켜 품에 안아 올리고 있었다. 그는 퐁타넹 부인의 뒤를 따라 소녀를 침대에 갖다 뉘었다.

"부인, 제게 맡겨 주십시오. 전 의사입니다. 찬물을 좀 주시고, 혹시 에테르는 없을까요?"

잠시 후 제니는 정신을 차렸다. 어머니는 아이에게 웃어 보였다. 그러나 소녀의 눈은 멍한 채로였다.

"이젠 괜찮습니다."

앙투안이 말하였다.

"좀 재워야겠어요."

"자, 선생님 말씀 들었지?"

퐁타냉 부인이 말하였다. 그러고는 제니의 촉촉한 이마 위에 놓여 있던 자신의 손을 눈꺼풀로 가져가 살그머니 딸의 눈을 감겨 주었다. 두 사람은 침대를 가운데 두고 마주 선 채 움직이지 않고 있었다. 증발한 에테르 향기가 방안을 가득 메우고 있었다.

처음엔 그 우아한 손과 날씬한 팔에 멈춰 있던 앙투안의 시선이 슬며시 퐁타냉 부인의 자태를 더듬었다. 머리에 둘렀던 흰 수건은 떨어져 버렸다. 머리는 금발이었지만, 벌써 드문드문 흰머리가 보였다. 몸가짐이라든가 말하는 태도에 젊은 여인 같은 데가 있었지만 그래도 사십 줄은 되어 보였다.

제니는 잠이 든 모양이었다. 소녀의 눈 위에 놓여 있던 손이 날개처럼 가볍게 물러갔다. 두 사람은 문을 조금 열어 놓은 채 발끝으로 조용히 방을 나섰다. 앞서서 걷고 있던 그녀는 돌아서며, "고맙습니다." 하고 두 손을 내밀었다. 그 몸짓이 너무나 자연스럽고 남성적이었으므로, 앙투안은 그 손을 잡았으나 입술을 갖다 대지는 않았다.

"저 애는 몹시 예민하답니다."

부인이 설명했다.

"아마 퓌스가 짖는 소리를 듣고 제 오빠 줄 알고 뛰어나왔던가

봅니다. 어제 아침부터 몸이 좋지 않았어요. 그리고 어젯밤 내내 열이 있었고요."

그들은 의자에 앉았다. 퐁타넹 부인은 블라우스 안에서 그 전날 아들이 남겨 놓은 편지를 꺼내어 앙투안에게 보여 주었다. 그녀는 앙투안이 편지를 읽는 것을 바라보았다. 사람을 대하는 데 있어서 그녀는 항상 첫인상을 중요시했다. 첫 순간부터 그녀에게는 앙투안이 믿음직스럽게 느껴졌던 것이다.

'저런 이마를 가진 사람이라면 비겁한 짓을 할 리는 없을 거야.' 하고 그녀는 생각하였다.

앙투안은 머리를 올려 빗고 뺨에는 무성한 수염을 기르고 있어, 거의 갈색에 가까운 붉은색의 양쪽 털 무더기 사이에 쑥 들어간 눈과 네모반듯한 흰 이마가 그의 얼굴 전부를 이루고 있었다. 그는 읽고 난 편지에 대해 생각하고 있는 듯하였다. 그러나 사실은 어떻게 말문을 열어야 할지 궁리를 하고 있는 것이었다.

"제 생각엔 둘이서 도망을 갔다는 것과 이러한 사실, 즉 둘의 우정이…… 그들 둘 사이의 관계가…… 선생들한테 들키고 말았다는 것을 서로 관련지어 생각해야 할 것 같습니다."

"들키다니요?"

"그렇습니다. 선생들이 특별한 노트에다 쓴 그들의 편지를 발견했다고 합니다."

"편지를요?"

"공부 시간에 편지를 주고받았던 모양입니다. 그저 평범한 편지가 아닌 것 같습니다."

그는 부인에게서 눈을 돌려 그녀를 외면하였다.

"그래서 학교에서는 나쁜 짓을 한 둘을 퇴학시키겠다고 위협했다고 합니다."

"나쁜 짓이라니요? 전 정말 잘 모르겠군요…… 무슨 나쁜 짓을 했는지요? 서로 편지를 했다는 것 말입니까?"

"그 편지의 내용이 아마 여간……."

"편지의 내용이요?"

그녀는 알 수가 없었다. 그러나 민감한 그녀는 조금 전부터 앙투안의 망설임이 차차 커 가고 있다는 것을 알아차렸다. 그녀는 갑자기 머리를 흔들었다.

"그런 것은 지금 문제가 되지 않아요."

그녀는 부자연스럽게 약간 떨리는 목소리로 말하였다.

두 사람 사이에는 별안간 거리가 생긴 것 같았다. 부인은 일어섰다.

"선생님의 동생과 우리 아이가 함께 달아날 생각을 했다는 것, 그건 충분히 있을 수 있는 일이에요. 그래도 다니엘은 여태껏 한 번도 제 앞에서 그 이름을…… 뭐라고 하셨지요?"

"티보."

"티보?"

그녀는 할 말을 채 마치지 못하고 놀란 표정으로 되풀이하였다.

"정말 이상하군요. 제 딸아이가 어젯밤에 헛소리를 하면서 분명히 그 이름을 불렀어요."

"오빠한테서 친구의 이야기를 들었던 게지요."

"아니에요. 글쎄, 다니엘은 한 번도……"

"그럼 그 애가 어떻게 알았을까요?"

"아!"

부인은 말하였다.

"이런 신비한 현상은 종종 일어나곤 해요."

"신비한 현상이라니요?"

앙투안이 물었다.

부인은 일어섰다. 그녀의 얼굴은 진지하면서도 방심한 듯하였다.

"이심전심(以心傳心)이라는 것 말씀입니다."

부인의 설명이나 말투가 앙투안에게는 너무도 신기한 것이어서, 그는 의아스러운 눈으로 부인을 쳐다보았다. 부인의 얼굴은 엄숙하였고, 마치 신(神)의 계시라도 받은 듯이 빛나고 있었다. 그리고 그녀의 입술에는 이런 경우에 대해서 다른 사람의 회의나 사상 같은 것은 대수롭게 여기지 않는 듯한 신자의 은은한 미소가 떠올라 있었다.

한동안 침묵이 흘렀다. 앙투안은 문득 어떤 생각이 떠올랐다. 그의 탐정 기질이 다시금 머리를 쳐들었던 것이다.

"실례지만…… 댁의 따님이 제 동생의 이름을 불렀다고 하셨지요? 그리고 어제 종일 까닭 모를 열이 있었다고 하셨지요? 오빠에게서 어떤 비밀이라도 들은 것은 아닐까요?"

"그런 의심은……."

퐁타냉 부인은 너그러운 표정으로 대답하였다.

"우리 아이들이 제게 대하는 태도를 아신다면 자연히 사라질 것입니다. 그 애들은 지금까지 저에게 그 어떤 것도 숨기거나……."

그녀는 말을 끊었다. 다니엘의 이번 행동이 그것을 반증(反證)하고 있다는 것에 생각이 미치자 가슴이 뜨끔하였던 것이다.

"하지만, 제니가 자지 않고 있다면 한번 물어보세요."

그녀는 조금 거만스럽게 말하며 방문을 향해 걸어갔다.

소녀는 눈을 뜨고 있었다. 베개 위로 가냘픈 얼굴의 윤곽이 오뚝 도드라져 있었고, 뺨에는 열기가 있었다. 소녀는 강아지를 껴안고 있었는데, 강아지의 콧마루가 이불깃 밖으로 나와 있는 모습이 우스웠다.

"제니야, 티보 선생님이시다. 오빠의 친구 형님이셔."

어린 제니는 자기 앞에 서 있는 낯선 사람을 빤히 쳐다보더니 이내 경계하는 눈빛이 되었다.

앙투안은 침대로 다가가 소녀의 손목을 잡고 시계를 꺼냈다.

"아직도 맥이 좀 빠릅니다."

그는 말했다. 그러고는 진찰을 하였다. 그는 그 직업적 동작에 마음껏 위엄을 부렸다.

"몇 살입니까?"

"좀 있으면 열세 살이 된답니다."

"네? 그렇게 안 보이는데요. 원칙적으로 이렇게 열이 오르내리는 것은 주의해야 합니다. 하지만 크게 염려하실 필요는 없을 것 같군요."

그는 소녀를 보면서 빙긋이 웃었다. 그러고는 침대에서 조금 떨어져 서서 어조를 달리하여 말했다.

"애야, 너 내 동생을 아니? 자크 티보 말이야."

소녀는 눈살을 찌푸리고 모른다는 시늉을 하였다.

"정말? 오빠가 너에게 제일 친한 친구의 이야기를 하지 않았단 말이지?"

"얘기하지 않았어요."

"그래도⋯⋯."

퐁타냉 부인이 소녀에게 다짐을 시켰다.

"잘 생각해 보아라. 어젯밤에 내가 널 깨웠을 때 너는 다니엘하고 티보라는 친구가 길가에서 쫓겨다니고 있는 꿈을 꾸었다고 하지 않았니? 티보라고 분명히 말하더라."

아이는 기억을 더듬는 모양이었다. 그러더니 마침내 한마디했다.

"전 그런 이름 몰라요."

"얘야."

앙투안은 잠깐 묵묵히 있다가 다시 말하였다.

"나는 어머님께 한 가지 여쭈어 볼 게 있어서 왔는데, 어머님께선 그것이 생각나시질 않는다는구나. 오빠를 찾으려면 꼭 알아야 하는데 말이지, 어제 오빠는 어떤 옷을 입었지?"

"모르겠어요."

"그럼 어제 아침에 넌 오빠를 보지 못했니?"

"봤어요. 아침 먹을 때, 그땐 아직 잠옷을 입고 있었어요."

소녀는 어머니에게로 고개를 돌렸다.

"오빠의 옷장을 열어 보면 어느 옷이 없는지 알 텐데요, 뭘."

"그래. 또 한 가지. 이건 아주 중요한 건데, 어제 오빠가 편지를 두고 가려고 돌아왔던 게 9시였니, 10시였니? 그렇지 않으면 11시였니? 어머님은 그때 안 계셨기 때문에 모르고 계시거든."

"잘 모르겠어요."

앙투안은 제니의 어조 속에서 귀찮아하는 듯한 기색을 엿보았다.

"그렇다면 찾기가 수월치 않겠군!"

그는 실망하였다는 몸짓을 해 보이며 말하였다.

"잠깐만요."

제니는 팔을 쳐들어 앙투안을 붙잡으며 다시 말하였다.

"11시 10분 전이었어요."

"정확히? 틀림없어?"

“네.”

“오빠가 왔을 때 시계를 봤니?”

“아뇨. 그때 전 그림을 그리기 위해 빵 조각을 가지러 부엌에 갔었어요. 그런데 오빠가 그 전에나 그 후에 왔으면 문소리가 들렸을 테고, 그렇다면 오빠를 봤을 거예요.”

“아, 그렇구나.”

앙투안은 잠깐 생각에 잠겼다.

‘이 아이를 더 피곤하게 해서 뭐할 것인가. 내가 잘못 생각한 것인지도 모른다. 정말 이 아이는 아무것도 모르고 있어.’

“자, 이젠……”

그는 다시 의사로 돌아와 말하였다.

“눈감고 푹 자야 해, 응?”

그는 드러난 팔 위로 이불을 덮어 주었다. 그리고 빙긋이 웃어 보였다.

“한잠 푹 자야 해요. 자고 나면 아픈 것도 다 낫고 오빠도 돌아와 있을 테니까!”

제니는 그를 쳐다보았다. 앙투안은 그 순간 제니의 시선 속에서 읽은 것을 결코 잊을 수가 없었다. 모든 자극에 대한 완전한 무관심, 이미 그렇게도 충만한 내적 생활, 막막한 고독 속의 커다란 슬픔.

앙투안은 자신도 모르게 마음이 혼란스러워져 머리를 숙여 버렸다.

"부인 말씀이 옳았습니다."

응접실로 돌아오자 그는 말하였다.

"댁의 따님은 아주 순진합니다. 몹시 걱정하고 있기는 하지만 아무것도 모르고 있는 것 같더군요."

"그 애는 아주 순진합니다."

퐁타넹 부인은 꿈꾸듯 되풀이하였다.

"그렇지만 알고 있어요."

"알고 있다고요?"

"네, 알고 있습니다."

"그럴 수가? 대답은 그와 반대로……."

"네, 대답은……."

부인은 천천히 말하였다.

"그렇지만 저는 줄곧 그 애 옆에 있었습니다. 저는 그것을 느꼈습니다. 어떻게 설명을 해야 좋을지 모르겠습니다만……."

부인은 의자에 앉았다. 그러더니 다시 일어섰다. 그녀의 얼굴에는 몹시 괴로워하는 빛이 떠올랐다.

"알고 있습니다. 알고 있어요. 전 확신할 수 있어요."

갑자기 그녀는 외쳤다.

"그 애는 비밀이 탄로나느니 차라리 죽는 것이 낫다고 생각하고 있습니다. 그것도 저는 압니다."

앙투안이 돌아간 뒤에 퐁타넹 부인은 그의 충고에 따라 중학교

교도주임인 키야르 선생에게 문의를 하러 가기 전에, 호기심에 이끌려서 『파리 명사록(名士錄)』을 펼쳤다.

티보(오스카르 마리)— 슈발리에 드 라 레종 도뇌르 수상자, 외르 지방 출신 전 국회의원, 청소년도덕재무장연맹 부회장, 사회교풍협회(社會矯風協會) 설립자 겸 회장, 파리 교구 가톨릭 자선사업연합회 재무위원, 제6구(區) 유니베르시테 가 4번지 B호.

3

그로부터 두 시간 뒤, 교도주임실을 찾아가 아무 대꾸도 못하고
얼굴만 달아오른 채 뛰쳐나온 퐁타냉 부인은 어떻게 해야 좋을지
갈피를 잡을 수 없었다. 누구 하나 의지할 만한 사람도 없었으므로
티보 씨를 찾아가 볼까 하는 생각을 하였으나, 한편으로 어렴풋한
본능이 그에게 가지 말라고 권하였던 것이다. 그러나 그녀는 그것을
물리쳤다. 그녀는 이따금 위험을 무릅쓰고 일을 추진하는 기질과 과
단성 있게 행동하는 성격으로 가끔씩 그러한 일을 저지르곤 하였는
데, 그녀는 그것을 용기와 혼동하고 있었다.

티보 씨의 집에서는 가족회의가 열리고 있었다. 비노 신부는 일찍
부터 유니베르시테 가에 달려와 있었다. 그보다 조금 뒤에 파리 승
정 각하의 특별 비서이고 티보 씨의 정신적 지도자이며, 이 집과는

각별한 처지에 있는 베카르 신부도 방금 전화로 기별을 받고 달려왔다.

티보 씨는 책상 앞에 앉아서 마치 재판이나 회의를 주재하고 있는 듯했다. 그는 밤새 한숨도 잘 수 없었다. 그래서인지 그의 단백질이 과다한 얼굴은 여느 때보다 더욱 희멀쑥하였다. 그의 비서인 잿빛 머리칼의 자그마한 체구를 가진 샬르 씨는 예의 번뜩이는 안경을 걸치고 티보 씨의 왼편에 자리잡고 있었다. 앙투안은 생각에 잠긴 채 책장에 기대어 서 있었다. 유모마저 집안일을 돌볼 시간이었음에도 불구하고 불려 와 있었다. 어깨에 검은 메리노를 걸친 그녀는 묵묵히 의자 한끝에 비스듬히 앉아 있었다. 그녀의 회색 머리칼은 노란 이마까지 흘러 내려와 있었고, 사슴 같은 그녀의 눈은 이쪽 신부에게서 저쪽 신부에게로 쉴 새 없이 움직이고 있었다. 신부들은 벽난로 옆의 등받이가 높직한 안락의자에 앉아 있었다.

앙투안의 추적 결과가 보고되고 나서 티보 씨는 일이 난처하게 된 것을 한탄하고 있었다. 그는 다른 사람들이 자신의 의견에 동조해 주는 것을 즐기고 있었다. 그리고 자신의 불안한 마음을 나타내려고 한 말에 스스로 감동을 받고 있는 것이었다. 그러나 그 자리에 그의 고해 신부가 있다는 것은 그로 하여금 양심을 다시 한 번 뒤돌아보게 하였다. 과연 나는 잘못을 저지른 아들에 대하여 아비로서의 본분을 다한 것일까? 그는 어떻게 대답해야 좋을지 몰랐다. 그러나 그의 생각은 빗나가기 시작했다. 그 프로테스탄트란 녀석만 아니었으면 아무 일도 일어나지 않았을 텐데.

"그 퐁타냉이란 놈 같은 망종들은……."

그는 자리에서 일어나 소리쳤다.

"아주 특별한 곳에 가둬 두어야 좋지 않을까요? 우리 아이들이 그런 나쁜 영향을 받도록 그대로 내버려둘 수는 없지 않습니까!"

그는 뒷짐을 지고 눈꺼풀을 내리뜬 채 책상 뒤를 왔다갔다하고 있었다. 말하지는 않았지만, 정신과학 회의에 참석하지 못하였다는 것이 그의 불만을 자아내고 있었다.

"20년 동안 나는 청소년 범죄라는 문제에 많은 힘을 써 왔소. 20년 동안이나 방지 연맹이니 팸플릿이니 숱한 회의에 보고서를 내느니 하며 애써 왔단 말이오. 그뿐인가?"

그는 신부들에게로 획 돌아섰다.

"나는 우리 크루이 소년원에다 별관까지 지어서 우리 원아들과는 다른 사회 계급에 속하는 불량 청소년들이 특별히 훈육을 받도록 하지 않았소? 그런데 믿을 수 없는 말 같지만 그 별관은 언제나 텅 텅 비어 있으니, 그래, 내가 세상 부모들에게 자식을 그곳에 밀어 넣도록 강요라도 해야 한단 말입니까? 난 문부성(文部省)이 우리 사업에 관심을 갖도록 갖은 노력을 다하였소. 그런데……."

그는 어깨를 으쓱 추켜올리고 의자 위에 털썩 주저앉으면서 끝맺었다.

"도대체 그 무종교 학교 당국자들은 사회의 위생이라는 걸 염두에 두고 있기나 한 것일까요?"

바로 그때 하녀가 명함 한 장을 그에게 가져왔다.

"그 여자가 여길?"

그는 아들을 돌아다보며 말하였다.

"무엇 때문에 온 거지?"

그는 하녀에게 물었으나 대답은 기다리지도 않고 말했다.

"앙투안, 네가 나가 보렴."

"아버지가 만나 보셔야 하지 않겠습니까?"

앙투안은 잠깐 명함을 바라보고 나서 말하였다.

티보 씨는 하마터면 버럭 성을 낼 뻔하였다. 그러나 곧 마음을 진정하고 두 신부에게 말했다.

"퐁타냉 부인입니다. 어떻게 해야 할까요? 어떤 사람이거나 부인에 대해서는 예의를 지켜야 하겠지요? 그리고 어쨌든 그 사람도 어머니가 아니오?"

"뭐? 어머니?"

샬르 씨가 중얼거렸으나, 그것은 너무나 낮은 목소리였으므로 아무도 듣지 못했다.

티보 씨는 이어서 말했다.

"들어오시라고 해라."

그리고 하녀가 방문객을 방안으로 안내하였을 때, 티보 씨는 일어서서 정중히 허리를 굽혔다.

퐁타냉 부인은 이렇게 여러 사람이 모여 있으리라고는 생각지 못했다. 그녀는 문간에서 약간 망설였으나 이내 유모에게로 한 걸음 나섰다. 유모는 의자에서 벌떡 일어서서 어찌할 바를 모르는 눈길로 이 프로테스탄트 여인을 뚫어지게 쳐다보고 있었다. 그 눈은 이미 무기력한 빛이 사라지고 암사슴이 아닌 암탉과도 같은 눈빛이 되었다.

"마담 티보이십니까?"

퐁타냉 부인은 나직이 물었다.

"아닙니다."

앙투안이 황급히 말하였다.

"드 베즈입니다. 저희 어머니가 돌아가신 후부터 15년째 저희와 함께 살고 있습니다. 동생과 저를 길러 주셨지요."

티보 씨는 남자들을 소개하였다.

"바쁘신데 대단히 죄송합니다."

퐁타냉 부인은 시선들이 자기에게로 쏠리고 있음을 느끼자 서먹서먹하였으나 조금도 변하는 기색 없이 말하였다.

"그 후에 혹시 무슨 소식이라도…… 그래서 왔습니다. 우리들은 같은 일로 근심하고 있습니다. 그래서 저는 먼저 우리들의 힘을 합하는 것이 좋으리라고 생각합니다. 그렇지 않겠습니까?"

그녀는 은은하고 쓸쓸한 미소를 띠며 덧붙였다. 그녀의 선량한 시선은 티보 씨를 바라보고 있었으나 한낱 딱딱한 가면에 부딪혔을 뿐이었다.

그리하여 그녀는 눈으로 앙투안을 찾았다. 지난번 대화 끝에 두 사람 사이에는 어떤 희미한 거리감이 남아 있었지만 그녀는 자연스럽게 침울하고도 진실된 얼굴을 하였다. 앙투안 역시 부인이 들어왔을 때부터 두 사람 사이에 일종의 유대감이 존재하는 것을 느끼고 있었다. 그는 부인에게로 가까이 갔다.

"제니는 좀 어떻습니까?"

그러나 티보 씨가 그 앞을 가로막았다. 턱을 내밀고 고개를 끄덕이는 것만으로도 그의 흥분된 상태를 알아볼 수 있었다. 그는 상반신을 퐁타냉 부인에게로 향한 채 새삼스러운 어조로 말을 시작하였다.

"얼마나 걱정을 하고 계신지, 누구보다도 제가 제일 잘 알고 있다는 것은 말씀드릴 필요도 없겠지요. 여기 계신 이 분들에게도 말했습니다만, 그 가엾은 아이들을 생각하면 가슴이 터질 것 같습니다. 그렇지만 기탄없이 말씀드리겠습니다. 공동으로 행동을 취하는 것만이 최선의 방법일까요? 물론 어떻게 해서라도 아이들을 찾아야지요. 그러나 수색은 각자 따로 하는 것이 좋지 않을까요? 그러니까 무엇보다도 신문 기자들이 떠들어대지 않도록 경계할 필요가 있지 않을까 싶은데요. 신분상 신문이라든가 여론이라든가, 그런 것을 경계하지 않을 수 없는 사람처럼 말하고 있습니다만, 별다르게 생각지 마십시오. 제 일신을 위해서는 결코 아닙니다. 저는 상대편 당의 비난 공격쯤은 아무렇지도 않습니다. 그러나 저 개인 때문에, 제 이름 때문에 제가 대표하고 있는 사업이 공격받게 될 가능성도 있습니다. 그리고 저는 제 자식을 생각해야 합니다. 저로서는 이런 매우 난처한 사건에 있어서 어떻게 해서든지 다른 이름이 우리 이름과 함께 불리는 것을 막아 줘야 하지 않겠습니까? 제가 할 수 있는 제일의 의무는 후일 사람들이 어떤 친분 관계, 그것이 전혀 우연이었다는 건 저도 압니다만, 이를테면 극히…… 해로운 성질의 친분 관계를 그 애 앞에 들이미는 일이 없도록 모든 일을 처리해 줘야 하지 않겠습니까?"

그는 베카르 신부를 향하여 눈꺼풀을 지그시 쳐들면서 끝을 맺었다.

"여러분도 그렇게 생각하실 테지요?"

안색이 파리해진 퐁타넹 부인은 신부들, 유모, 앙투안을 차례차례 둘러보았다. 그러나 표정 없는 얼굴들에 부닥칠 뿐이었다. 그녀는 외쳤다.

"아아, 알겠습니다……."

그러나 숨이 막혔다. 그녀는 용기를 가다듬어 말을 이었다.

"네, 알겠습니다. 키야르 선생의 의심은……."

그녀는 또다시 말을 끊었다.

"그 키야르 선생은 인격이 옹졸한, 그렇습니다, 옹졸한 인격을 가진 사람입니다."

그녀는 쓰디쓴 미소를 띠면서 외쳤다.

그러나 티보 씨의 얼굴에는 어떤 표정도 떠오르지 않았다. 그는 느른한 손을 비노 신부를 향해 들어 올렸다. 그 손짓은 마치 신부에게 발언권을 준다는 듯했다. 신부는 싸움판에 뛰어든 잡종 똥개처럼 말했다.

"실례지만 한마디 여쭙겠습니다. 부인께선 키야르 선생의 그 난처한 증언을 부인하려고 하시지만, 아드님에게 얼마나 큰 책임이 있는지는 모르고 계시는 것 같군요."

퐁타냉 부인은 비노 신부를 노려본 뒤에, 이번엔 본능적으로 베카르 신부에게로 돌아섰다. 퐁타냉 부인을 바라보는 베카르 신부의 시선은 한없이 부드러웠다. 그의 얼굴은 잠자는 것 같았다. 벗어져 가는 머리에 브러시 모양으로 붙어서 얼굴을 갸름하게 만들고 있는 숱이 적은 머리칼로 보아 나이가 쉰은 되어 보였다. 이단자의 무언의 부름을 알아차린 그도 이 대화에 뛰어들었다.

"이곳에 있는 사람들의 논쟁이 얼마나 부인께 괴로움을 줄지 잘 알고 있습니다. 또한 아드님에 대한 그 신뢰에 무한히 감탄하는 바입니다…… 무한히 존경할 만한 것입니다……."

이렇게 그는 덧붙였다. 그리고 늘 하는 버릇대로 둘째손가락을 입술까지 들어 올리고 계속 말하였다.

"하지만 유감스럽게도 사실이……."

"그 사실이……."

비노 신부는 마치 그의 동료가 모범을 보여 주었다는 듯이 한결 유순한 어조로 말을 이었다.

"딱하다는 건 어쩔 수 없습니다."

"모두 그만두세요."

퐁타냉 부인은 홱 돌아서면서 나직이 말하였다.

그러나 신부는 가만히 있지 않았다.

"그리고 여기 증거물이 있습니다."

그는 손에 든 모자를 떨어뜨리고 허리띠 밑에서 테두리가 빨간 회색 노트를 꺼내면서 외쳤다.

"잠깐만 이걸 보십시오. 부인, 부인이 갖고 계신 생각이 잘못된 것이라는 사실을 이 자리에서 밝히는 것이 여간 몰인정한 일이 아니겠습니다만 부득이한 일입니다. 보시면 전부 아실 겁니다."

그는 강제로라도 부인에게 그 노트를 넘겨주려는 듯 두 걸음 앞으로 다가섰다. 그러나 부인은 자리에서 일어섰다.

"여러분, 저는 한 줄도 읽지 않겠습니다. 그 애도 모르는 사이에 그 애의 비밀을 여러 사람 앞에서 폭로하다니, 그 애에게는 변명할 여지조차 남겨 주지 않다니요. 전 그 애를 이런 취급을 받도록 키우지는 않았습니다."

비노 신부는 팔을 앞으로 내민 채 그 얇은 입술에 거북스러운 미소를 띠고 있었다.

"굳이 강요하는 건 아닙니다."

마침내 그는 비웃는 어조로 말하였다. 그는 노트를 책상 위에 놓고는 다시 모자를 집어 올리고 의자로 가서 앉았다. 앙투안은 그의 어깨를 움켜잡아 밖으로 내던져 버리고 싶었다. 반감이 엿보이는 그의 시선은 한순간 베카르 신부의 시선과 마주치자 서로 호응하는 빛을 띠었다.

그러자 퐁타냉 부인은 태도를 완전히 바꾸었다. 바짝 쳐들어 올린 이마 위에는 도전적인 표정이 역력했다. 그녀는 안락의자를 떠나지 않고 있는 티보 씨에게로 가까이 다가갔다.

"그런 건 모두 문제가 되지 않습니다. 저는 다만 댁에선 앞으로 어떻게 하실지 알고 싶었을 뿐입니다. 그 애 아버지는 현재 파리에 있지 않습니다. 저는 이 일을 혼자서 처리해야 합니다. 저는 특히 경찰의 힘을 빌린다거나 한다면 유감스러운 일이 아닐까 해서 말씀드리고 싶었을 뿐입니다……."

"경찰이라고요?"

티보 씨는 분노를 감추지 못하고 벌떡 일어섰다.

"그럼 지금 지방 경찰들이 가만히 앉아만 있는 줄 알았습니까? 저는 오늘 아침 경시총감 주사(主事)에게 전화를 하여, 만반의 조치를 취하되 되도록 신중히 해 달라고 부탁하였습니다. 혹시 둘이 다 잘 아는 지방에 숨어 있는 것은 아닌가 해서 메종라피트 읍사무소에도 전보를 쳐 두었습니다. 철도회사, 국경 경비소, 항구…… 모두 경비망을 쳤습니다. 하긴 어떻게 해서라도 떠들썩한 소문을 내지 않으려고 그러는 것이지, 그렇지 않다면야 그런 몹쓸 놈들에게는 본때를 보여 주기 위해서라도 팔목에 수갑을 채워 가지고 양쪽 편에 경관을 세워서 끌고 오게 하는 것이 좋지 않을까요? 적어도 그놈들에게 우리 나라에는 부모의 위신을 지키기 위한 정의(正義) 비슷한 것이 있다는 것을 알려 주게 될 테지요."

퐁타냉 부인이 아무런 대꾸도 없이 인사를 하고는 방문으로 걸어 나가자 티보 씨는 정신을 가다듬었다.

"하지만 무슨 소식이라도 듣게 된다면 곧 앙투안을 보내도록 하지요."

부인은 가볍게 머리를 숙이고는 이내 나가 버렸다. 그러자 앙투안과 티보 씨도 따라 나갔다.

"위그노(이단자)!"

부인이 사라지자 비노 신부가 빈정거렸다.

베카르 신부는 책망스런 몸짓을 참을 수 없었다.

"뭐? 위그노?"

샬르 씨는 마치 성자 바르텔르미 축제(프랑스에서 1572년 8월 23일 성 바르텔르미 축제 전날 밤에 일어난 신교도 학살 사건)의 피바다에 발을 들여놓기나 한 것처럼 뒤로 물러서면서 중얼거렸다.

4

퐁타냉 부인이 집으로 돌아왔을 때 제니는 침대 속에서 잠이 들락 말락 하고 있었다. 소녀는 열에 들뜬 얼굴을 돌려 눈으로 어머니에게 묻는 빛을 보이더니 다시 눈을 감았다.

"퓌스를 데리고 가 줘요. 시끄러워."

퐁타냉 부인은 머리가 어지러워 자기 방으로 들어가 장갑도 벗지 않은 채 의자에 걸터앉았다.

'나마저 열이 나려는 것일까? 마음을 진정할 것, 마음을 굳게 가질 것, 안심하고 있을 것……'

그녀는 머리를 숙이고 기도를 하였다. 잠시 후 그녀가 다시 일어섰을 때 그녀의 활동력은 단 한 가지 목적을 가지고 있었다. 남편을 찾아내어 집으로 돌아오게 해야 한다는 목적을.

부인은 현관을 지나 닫혀 있는 방문 앞에서 주춤하였다. 그러고는 방문을 열었다. 주인 없는 방안은 싸늘하였다. 마편초, 레몬의 새콤한 향기, 반쯤 증발해 버린 화장품 냄새 등등 그런 것들이 방안 가득 배어 있었다. 그녀는 커튼을 젖혔다. 방 한가운데에는 책상이 놓여 있었고, 압지 위에는 보드라운 먼지가 내려앉아 있었다. 그러나 종이 한 장 널려 있지 않았고, 거처는 물론 무슨 단서가 될 만한 것 하나 보이지 않았다. 가구에는 열쇠가 그대로 꽂혀 있었다. 이 방의 주인은 경계심이라고는 거의 갖고 있지 않았던 것이다. 그녀는 책상 서랍을 열었다. 한 뭉치의 편지, 몇 장의 사진, 부채 그리고 한쪽 구석에 거친 싸구려 비단 장갑이 한 켤레 쑤셔 박혀 있었다. 그녀의 손이 갑자기 책상 앞에서 경련이라도 일으킨 듯이 뻣뻣해졌다. 한 가지 회상이 그녀를 사로잡아 마음을 산란하게 만들었던 것이다. 그녀의 시선은 멍하니 초점을 잃은 채 먼 곳을 향하고 있었다.

2년 전 일이었다. 어느 여름날 저녁 전차를 타고 강변을 지나고 있을 때 그녀의 남편 제롬이 어떤 여자 옆에 있는 것을 본 듯하였다. 그때 그녀는 일어서 있었다. 그렇다, 제롬이 벤치에 앉아서 울고 있는 한 젊은 여자 앞에 엉거주춤 서 있는 것을 그녀는 똑똑히 보았던 것이다. 그 후 그녀의 잔인한 상상력은 이 순간의 환영을 둘러싸고 수백 번도 더 세세한 일까지 다시 그려내곤 했다. 모자를 비스듬히 쓰고 스커트 밑에서 황급히 손수건을 꺼내어 눈가로 가져가던 여자의 슬픔. 무엇보다도 통속적인 그때의 제롬의 태도! 그러한 남편의 태도로 보아 그날 저녁 남편의 마음을 사로잡고 있던 뒤흔들린 감정들. 아아, 그녀는 얼마나 똑똑히 들여다보았던가! 아마, 약간의 동정심도 있었으리라. 그녀는 남편이 마음 약하고 감동하기 쉬운 성격이라는 것을 잘 알고 있었다. 그리고 한길 가운데서 그런 추태를 보이고 있다는 귀찮은 짜증. 끝으로 잔인한 마음. 그렇다! 엉거주춤하고 있을 뿐인 제롬의 자세 속에 그녀는, 이미 싫증이 나 버려서 벌써 다른 여자에게 마음이 끌리고 있는 남자, 그래서 동정심과 양심의 가책을 느끼면서도 결국은 그 눈물을 이용하여 단숨에 끝을 내려는 남자의 이기적인 타산을 확실히 느낄 수 있었던 것이다. 그러한 모든 상황은 순식간에 그녀에게 또렷이 드러나 보였고, 그 잊을 수 없는 추억이 떠오를 때마다 그녀는 언제나 같은 어지러움에 가슴이 무너져 내리는 것이었다.

얼른 그녀는 방에서 나와 문을 닫고 열쇠로 잠가 버렸다.

명확한 생각이 하나 그녀의 머릿속에 떠올랐다. 그 하녀, 6개월 전에 내보내지 않을 수 없었던 그 마리에트…… 퐁타냉 부인은 마리에트가 이 집을 나간 뒤 다시 고용살이로 들어간 곳을 알고 있었다. 그녀는 불안한 마음을 억제하였다. 그러고는 망설임 없이 그곳으로 갔다.

쪽문으로 난 계단을 올라가서 5층에 부엌이 있었다. 음식 찌꺼기 냄새가 풍기고 있는 것을 보니 설거지 시간인 듯했다. 마리에트가 문을 열어 주었다.

금발의 처녀, 흩어진 머리카락, 유순한 두 눈동자, 아직 어린 소녀가 아닌가! 마리에트는 혼자 있었다. 얼굴을 붉혔지만 눈은 반짝반짝 빛나고 있었다.

"반가워요, 아주머니! 제니는 많이 컸겠지요?"

퐁타냉 부인은 주저하였다. 그녀는 미소 짓기가 괴로웠다.

"마리에트, 주인님이 계신 곳을 가르쳐 줘."

처녀는 얼굴이 새빨개졌다. 커다란 두 눈에 금세 눈물이 고였다. 계신 곳? 그녀는 머리를 저었다. 모른다는 것이다. 즉, 이제는 모른다는 것이었다. 주인님은 이제 그 호텔에도 안 계시니까……. 그리고 얼마 되지 않아 곧 자기에게서 떠나 가셨으니까…….

퐁타냉 부인은 눈을 내리깔고 문 쪽으로 걸어가고 있었다. 더 이상 아무것도 듣고 싶지 않았던 것이다. 잠시 동안 침묵이 흘렀다. 그때 대야의 물이 끓어올라 난로 위로 넘쳐흘렀다. 퐁타냉 부인은 거의 기계적으로 속삭였다.

"물이 끓는구나."

그러고는 계속 뒤로 걸어가면서 덧붙였다.

"그래, 이 집에서는 잘 지내고 있니?"

마리에트는 대답하지 않았다. 그러나 퐁타냉 부인이 머리를 들어 눈과 눈이 서로 마주쳤을 때, 부인은 그 시선 속에서 무엇인가 동물적인 것을 보았다. 반쯤 벌어진 어린애 같은 입술 사이로 이빨이 드

러나 보였다. 두 여인에겐 한없이 길게 여겨진 망설임 끝에 마리에
트는 더듬더듬 말했다.

"혹시…… 프티 뒤트뢰이유 아주머님께서는 알고 계실는지……."

퐁타냉 부인은 마리에트가 울음을 터뜨린 것도 듣지 못하였다. 그
녀는 마치 화재가 난 곳에서 뛰어나가듯이 황급히 층계를 내려왔다.
그 이름을 듣는 순간, 지금까지 거의 눈에 띄지도 아니하였던 그리
고 시간이 지남에 따라 점차 잊혀져 가고 있던 여러 가지 우연의 일
치들이 더 의심할 여지 없이 명백한 사실로 연결되어 전개되었다.

빈 마차가 한 대 지나가고 있었다. 그녀는 빨리 집으로 돌아가고
싶은 마음에 덮어놓고 마차로 뛰어올랐다. 그러나 방향을 일러 주려
던 순간, 억제할 수 없는 충동에 사로잡혔다. 그녀는 성신의 가르침
에 순종하는 것이라 믿었다.

"몽소 가로 가 주세요."

그녀는 외쳤다.

15분 뒤 퐁타냉 부인은 사촌 동생인 노에미 프티 뒤트뢰이유의
집 문 앞에서 초인종을 누르고 있었다.

문을 연 것은 열댓 살 된 상냥하고도 커다란 눈을 가진 금발의 소
녀였다.

"그동안 잘 있었니, 니콜? 어머니 계셔?"

부인은 소녀의 놀란 시선이 자기를 무겁게 짓누르고 있는 것을

느꼈다.

"모셔 올게요, 아주머니."

퐁타냉 부인은 현관에 혼자 남았다. 심장이 무섭게 두근거려 가슴으로 가져갔던 손을 뗄 용기가 나지 않았다.

그녀는 마음을 진정시키려고 주위를 둘러보았다. 응접실 문이 반쯤 열려 있었다. 햇빛을 받아 휘장이며 양탄자의 색채가 아른거리고 있었다. 방안은 지저분했지만 독신자의 방답게 아양스러운 데가 있었다.

'이혼한 후부터는 돈이 한푼도 없다고 들었는데……' 하고 퐁타냉 부인은 생각하였다.

그런 생각이 그녀에게, 남편이 지난 2개월 동안 돈을 갖다 주지 않아 앞으로 살림살이의 지출을 어떻게 감당해내야 할지 난감해하던 사실을 떠오르게 하였다.

'혹시 노에미의 이런 호사도……'라는 생각이 잠시 그녀의 머리를 스쳤다.

니콜은 좀처럼 돌아오지 않았다. 집 안은 조용하였다. 퐁타냉 부인은 가슴을 진정시키려고 조용히 응접실 안으로 들어갔다. 피아노는 뚜껑이 열린 채로 있었다. 신문이 긴 의자 위에 펼쳐져 있었고, 낮은 탁자 위에는 담배가 어수선하게 널려 있었다. 수반에는 빨간 카네이션 꽃이 가득 꽂혀 있었다. 그녀의 불쾌감은 처음 시선을 던졌을 때보다도 더욱 커졌다. 왜 이럴까? 아아, 그것은 여기 이 방에 있는 모든 것들에서 제롬의 체취를 느낄 수 있었기 때문이다. 집에서와 마찬가지로 피아노를 비스듬히 창문 앞으로 밀쳐놓은 것도, 그것을 열어 둔 것도 그임에 틀림없었다. 설혹 그가 그렇게 하지 않았더라도, 악보들을 이렇게 어수선하게 늘어놓은 것은 그를 위해서 한 짓이리라. 이 크고 나직한 소파며 손이 미치는 곳에 놓여 있는 이 담배들, 확실히 그의 취미였다. 그러자 그녀는 그 소파 위에 남편이 앉아 있는 듯한 환영을 보았다. 매끈하고 섬세하게 가꾼 그의 자태, 유쾌한 듯 속눈썹 사이로 눈을 굴리며 팔을 늘어뜨리고 손가락 사이에 담배를 피워 든 채 소파 위에 누워 있는 그!

양탄자를 스치는 소리에 부인은 소스라쳐 놀랐다. 레이스로 꾸며진 실내복을 입은 노에미가 딸의 어깨 위에 한 팔을 올려놓은 채 나타났다. 서른다섯 살, 갈색 머리칼에 키가 크고 조금 살진 여인이었다.

"어서 와요, 테레즈 언니. 아이, 미안해요. 글쎄, 아침부터 머리가 아파 서 있을 수가 없군요. 니콜, 창문에 블라인드 좀 내려 주겠니?"

그러나 그녀의 말을 반증이라도 하듯 그녀의 두 눈은 밝게 빛나고 있었으며, 얼굴색도 좋아 보였다. 그리고 말이 불쑥불쑥 튀어나오는 것은 부인의 방문을 당황해하고 있다는 것을 말해 주고 있었다. 그 어색함은 퐁타냉 부인이 소녀에게로 돌아서며 부드럽게 말하였을 때 불안으로 변하였다.

"어머니와 아주머닌 의논할 일이 있단다. 잠깐 자리를 비켜 주겠니?"

"네 방으로 가서 공부해라. 자, 어서!"

노에미는 소녀에게 큰 목소리로 말하고는 사촌 언니에게로 향하여 함박웃음을 지으며 말했다.

"아이, 글쎄 저 나이에 벌써 응접실에 와서 아양을 부리려고 하니 야단이에요. 제니도 그래요? 하긴 나도 그랬었지. 그래서 어머니가 속상해하셨지요."

퐁타냉 부인은 제롬의 주소를 알기 위해 왔으나 와서 보니 제롬이 거기에 있는 것이 너무나 뻔했고, 눈앞에서 당하는 모욕이 너무나 심하게 느껴진데다 노에미의 자태, 그녀의 활짝 피어난 미색(美色)이 너무나 괘씸하게 생각되어, 그녀는 또 한 번 충동에 이끌려 엉뚱한 결심을 하게 되었다.

"좀 앉아요, 테레즈 언니."

노에미가 말했다.

그러나 테레즈는 앉지도 않고, 사촌 동생에게로 걸어가 손을 내밀었다. 그 동작은 자연스럽고 엄격하였으며, 아무런 꾸밈도 없었다.

"노에미……."

이렇게 입을 뗀 퐁타냉 부인은 단숨에 말했다.

"제롬을 내게 돌려줘."

프티 뒤트뢰이유 부인의 미소가 그대로 얼어붙었다. 퐁타냉 부인은 그녀의 손목을 잡은 채로 말했다.

"대답하지 않아도 좋아. 네가 나쁘다는 건 아냐. 제롬이 한 일인 줄 알아. 그이가 어떤 사람인지 난 잘 알고 있으니까……"

그녀는 잠깐 말을 끊었다. 숨이 찼던 것이다.

노에미는 그 틈을 타서 변명하려 들지는 않았다. 퐁타냉 부인은 그 침묵이 고마웠다. 그것이 사실을 인정하는 것이어서가 아니라, 노에미가 이런 불시의 질문을 받고서도 재빠르게 그것을 받아넘길 만큼 교활하지는 않다는 것을 증명하고 있기 때문이었다.

"이것 봐, 노에미. 우리 아이들이 자꾸만 커 가고 있어. 다니엘은 벌써 열네 살이야. 그 애들에게 나쁜 영향을 미치게 되는 것은 아닐까? 나쁜 것이란 전염되기 쉬우니까! 이젠 그래서는 안 돼. 그렇잖아? 좀더 있으면 보고 배우고…… 또 속 썩는 건 나만이 아니야 ……"

숨 가빠하는 그녀의 목소리는 애원하는 듯했다.

"그만 우리에게 그이를 돌려줘, 노에미."

"아니, 테레즈 언니도 참, 미쳤어요?"

젊은 여인은 마음을 바로잡았다.

"언니, 무슨 말을 하는 거예요? 그런 말을 가만히 듣고 있는 난 또 뭐야! 기가 막혀서 어떻게 해야 할지도 모르겠네. 언니, 꿈을 꾸신 것 아니에요? 그렇지 않으면 누가 헛소문을 퍼뜨렸던가. 어떻게 된 영문이에요?"

퐁타냉 부인은 아무 말 없이, 단지 애정이 넘쳐흐르는 깊은 시선으로 사촌 동생을 쳐다보았다. 그 눈은 '구원받지 못한 가엾은 영혼이여! 너의 생활은 그래도 나보다는 나으리라!' 하고 말하는 듯하였다. 그때 갑자기 그녀의 시선은 노에미의 불룩한 어깨 언저리까지 미끄러져 내려갔다. 그 맑고 통통한 살결은 성긴 레이스 아래서 마치 그물에 걸린 물고기처럼 팔딱팔딱 뛰고 있었다.

문득 너무도 선명한 환상에 그녀는 눈을 감았다. 증오의 표정 그리고 고뇌의 표정이 그녀의 얼굴을 스치고 지나갔다. 이윽고 지금까지의 모든 용기가 다 사라져 버린 듯 이야기의 결말을 지으려고 이렇게 말했다.

"아마 내가 잘못 생각한 모양이야…… 그저 주소만 가르쳐 줘. 아니야, 어디 있는지 알아야겠다는 게 아니라 말만 좀 전해 줘, 꼭 만나야겠다고 하더란 말만 좀 전해 줘……."

노에미는 벌떡 윗몸을 일으켰다.

"말을 전하라고요? 어디 있는지 내가 어떻게 알아요?"

그녀의 얼굴은 새빨갛게 달아올라 있었다.

"그런 말도 안 되는 소리 그만둬요. 제롬은 이따금 우리 집에 올 뿐이에요. 그럼 어때요? 숨길 게 뭐 있어요, 사촌끼리. 참 우습군요!"

그녀는 퐁타냉 부인의 가슴을 아프게 하는 말을 마구 퍼부었다.

"언니가 와서 야단법석 하더란 말을 형부에게 하면 형부가 정말 좋아하시겠군요."

퐁타냉 부인은 뒤로 물러섰다.

"어떻게 그런 말을 할 수 있니?"

"흥, 그럼 내가 한마디 더 할까요?"

노에미가 대꾸하였다.

"남편에게 버림받는다는 건 전적으로 아내에게 잘못이 있는 거라고요. 형부가 다른 데서 찾는 것을 언니가 만족시킬 수 있었다면 지금 와서 이렇게 찾으러 다니지는 않았을 것 아니에요?"

'정말 그럴 수가 있을까?'

퐁타냉 부인은 생각해 보지 않을 수 없었다. 그녀는 기진맥진해졌다. 그녀는 그곳에서 뛰쳐나가고 싶은 충동을 느꼈다. 그러나 제롬의 주소도 모르고, 돌아오게 할 아무런 방편도 없이 다시금 외롭게 자기 자신을 대해야 하는 것이 두려웠다. 그녀의 시선이 다시 유순해졌다.

"노에미, 내가 했던 말은 모두 잊어 줘. 그리고 내 말을 좀 들어봐. 제니는 앓고 있어. 이틀째나 열이 아주 높아. 집엔 나 혼자뿐이고, 너도 아이가 있으니까 병든 어린애를 두고 기다리는 심정을 이해하겠지…… 3주일째나 제롬은 들어오지 않았어! 단 한 번도. 어디 있는지, 무얼 하는지, 아이의 병을 꼭 알려야겠어! 그걸 좀 전해 줘."

노에미는 완강하게 고개를 흔들었다.

"아니, 노에미, 어쩜 이렇게 몰인정할 수가? 내가 모두 말할게. 제니는 앓고 있어. 정말이야. 그래서 여간 걱정이 아니야. 하지만 그건 둘째 문제이고……"

그녀의 목소리는 한층 더 누그러졌다.

"다니엘이 나가 버렸어. 도망을 쳤어."

"도망?"

"다니엘을 찾아야 하는데, 이런 때…… 병이 난 어린애를 데리고…… 혼자서 견딜 수가 없어…… 그렇잖아? 노에미, 꼭 와 줘야겠다고 제롬에게 말만 좀 해 줘!"

퐁타냉 부인에게는 젊은 여인이 이해해 주는 것같이 생각되었다. 노에미의 시선에서 동정의 빛이 엿보였기 때문이다. 그러나 그녀는 돌연 몸을 획 돌리더니 팔을 쳐들어 올리며 외쳤다.

"그래서 나더러 어쩌라는 거예요? 내가 언니를 위해 무엇을 할 수 있다는 거죠?"

퐁타냉 부인이 분노로 인해 아무 말도 못하는 것을 보고 다시 획 돌아섰다.

"테레즈 언니, 내 말이 믿어지지 않는 모양이지요? 그렇지요? 그렇다면 어쩔 수 없죠. 나도 모두 말할게요. 제롬은 또 한 번 날 속였어요, 글쎄! 그러곤 도망가 버렸어요! 어디로 갔는지 알 게 뭐예요! 다른 여자와 달아났어요! 자, 이젠 내 말을 믿겠어요?"

퐁타냉 부인은 얼굴이 파랗게 질렸다. 그녀는 기계적으로 되풀이해 말했다.

"달아났다고?"

젊은 여인은 소파에 쓰러져서 쿠션에 머리를 파묻고는 흐느껴 울었다.

"아아, 그이는 내 마음을 얼마나 아프게 했는지 몰라! 내가 잠자코 있으니까 계속 그래도 되는 줄 알았겠지. 이번엔 절대로 용서할 수 없어! 절대로! 제롬은 나에게 말할 수 없는 모욕을 주었어요! 내 눈앞에서, 내 집에서, 집에 있던 조그만 계집애를, 이제 겨우 스물도 안 된 일하는 계집애를 건드렸다고요! 그 계집애는 2주일 전에 보따리를 싸 가지고 온다간다 말도 없이 나가 버리고! 그이는 밑에서 마차를 탄 채 그 애를 기다리고 있었지 뭐예요!"

그녀는 소파에서 몸을 일으키며 소리질렀다.

"우리 집 골목에서, 바로 우리 집 문 앞에서, 대낮에 사람들이 다 보고 있는데, 그것도 내 하녀를 데리고! 오, 세상에!"

퐁타냉 부인은 쓰러지지 않으려고 피아노에 기대고 있었다. 그녀는 멍하니 노에미에게로 시선을 던지고 있었으나 실상은 보고 있지 않았다. 그녀의 눈앞에는 환영들이 지나가고 있었다. 마리에트가 보였다.

몇 달 전에 무엇인가 숨기고 있는 듯한 기색, 복도를 스치는 소리, 살그머니 7층까지 올라가는 발걸음 소리……. 마침내는 현장이 드러났고, 절망적인 목소리로 "아주머니, 용서해 주세요." 하고 애걸하던 계집애를 내보내지 않을 수 없었던 일. 그런 일들이 그녀의 머릿속에 다시 떠올랐다. 또 강변 벤치 위에서 눈물을 닦고 있던 그 여자, 검은 옷차림을 한 그 여자를 눈앞에서 다시 보았다. 그리고 멍하니 바라보고 있던 그녀의 시선 속에 마침내 눈앞의 노에미가 들어왔다. 부인은 고개를 돌렸다. 그러나 그녀의 시선은 그녀의 의지를 거역하고 소파에 비스듬히 엎드려 있는 이 아름다운 여인의 육체, 흐느낌에 떨리는 살덩어리가 레이스 사이로 비어져 나올 듯한 맨어깨로 다시금 돌아오는 것이었다. 견딜 수 없는 또 하나의 영상이 눈앞에 나타나고 있었다.

그러자 한마디씩 끊어져 튀어나오는 노에미의 목소리가 들려왔다.

"아아, 이젠 싫어! 싫어! 다시 와서 무릎을 꿇고 애걸을 한다 해도 쳐다보고 싶지도 않아! 난 제롬을 미워해요! 경멸해요! 그이가 수백 번이나 거짓말을 아무 거리낌없이 놀음거리로, 그저 재미로, 본능적으로 하는 것을 난 참아냈어요! 그가 말하는 건 그저 거짓말뿐이야. 제롬은 거짓말쟁이라고!"

"노에미, 그건 그렇지 않아."

젊은 여인이 벌떡 일어섰다.

"언니가 그 사람을 변명해요? 언니가?"

그러나 퐁타냉 부인은 이미 정신을 수습하고 있었다. 그녀는 어조를 바꾸어 말했다.

"너, 그 주소 모르니? 그 계집애의……."

노에미는 잠시 생각을 하더니 다정스럽게 허리를 굽히며 말했다.

"몰라요. 그렇지만 혹시 문지기가……."

테레즈는 손짓으로 그녀의 말을 막고 방문으로 걸어갔다. 젊은 여인은 겸연쩍어하는 자신을 감추기 위해 쿠션에 얼굴을 파묻은 채부인이 나가는 것을 못 본 척하고 있었다. 퐁타냉 부인이 현관문을 열려고 하였을 때, 그녀는 니콜이 눈물에 젖은 얼굴로 두 팔을 벌리고 달려와 매달리는 것을 느꼈다. 그녀가 말 한마디 해 줄 겨를도 없이 소녀는 미친 듯이 키스를 하고는 다시 달아나 버렸다.

문지기는 수다스럽게 지껄이고 있었다.

"그 여자에게 오는 편지는 그대로 브르타뉴 페로 기레크로 돌려보냅니다. 아마 거기서 부모가 있는 곳으로 보내겠죠. 자세히 알아보시려거든……."

그는 때 묻은 장부를 펼치면서 이렇게 덧붙였다.

퐁타냉 부인은 집으로 돌아오기 전에 우체국에 들러서 전보 용지에다 다음과 같이 적었다.

빅토린 르가르 씨 귀하
에글리 광장(廣場), 페로 기레크(코트 듀 노르)

다니엘 일요일부터 행방불명. 퐁타냉 씨에게 전달 바람.

그리고 그녀는 봉함엽서를 한 장 청하였다.

그레고리 목사 귀하

크리스티앙 사이언티스트 소사이어티, 뇌이유 쉬르 센 시(市), 비노 가 2번지 B호.

친애하는 제임스

이틀 전 다니엘이 어디로 간다는 말도 없이 집을 나갔습니다. 그러고는 아무 소식도 없습니다. 저의 불안한 마음 비길 데 없습니다. 게다가 제니는 앓고 있습니다. 열이 높은데 아직 원인은 모르겠습니다. 제롬의 주소도 모르고, 이런 사정을 알릴 도리도 없습니다. 혼자서 외롭습니다. 좀 와 주셨으면 합니다.

— 테레즈 드 퐁타냉

5

그로부터 이틀 뒤인 수요일 저녁 6시에 키가 매우 크고 호리호리하게 생긴, 나이를 가늠하기 어려운 사나이가 옵세르바트아르 가에 나타났다.

"부인을 만나 뵙기는 어려울걸요."

문지기가 말했다.

"지금 의사 선생님들이 와 계십니다. 아이가 그만 죽어 가나 봐요."

목사는 계단을 올라갔다. 층계참의 문이 열려 있었다. 현관에는 남자 외투가 여럿 너저분하게 걸려 있었다. 간호사가 나왔다.

"그레고리 목사입니다. 제니는 어떻습니까?"

간호사가 그를 쳐다보았다.

"가망이 없어요."

그녀는 속삭이듯 말하며 나가 버렸다.

목사는 마치 따귀라도 얻어맞은 듯이 부르르 떨었다. 갑자기 공기가 희박해진 것 같았다. 숨이 막혔다. 그는 응접실로 들어가서 두 창문을 열었다.

10여 분이 지났다. 복도에는 사람들이 서성이고 있었다. 문을 여닫는 소리, 말하는 소리가 들렸다. 퐁타냉 부인이 나타났고, 뒤이어 검은 옷을 입은 두 노인이 나왔다. 부인은 그레고리를 보고는 그에게로 달려왔다.

"제임스, 와 주셨군요. 아아, 함께 있어 주세요!"

"오늘에야 런던에서 돌아왔어요."

그레고리는 서둘러 말하였다.

부인은 두 의사가 무엇인가 의논하는 것을 그대로 놔두고 목사를 이끌고 나갔다. 셔츠 바람의 앙투안이 현관에서 간호사가 들고 있는 대야에 브러시로 손톱을 닦고 있었다. 퐁타냉 부인은 목사의 손을 붙잡고 있었다. 그녀의 모습은 몰라볼 만큼 변해 있었다. 뺨은 하얗고 수척하여 뼈만 남은 것 같았고, 입은 쉴 새 없이 떨리고 있었다.

"아아, 저와 함께 있어 주세요. 제임스, 저를 혼자 내버려두지 마세요. 제니는……."

방안에서 신음 소리가 흘러나왔다. 부인은 말을 끊고 방안으로 뛰어 들어갔다.

목사는 앙투안에게로 가까이 갔다. 그는 아무 말도 하지 않았지만, 불안스러운 시선이 제니의 상태를 묻고 있었다. 앙투안은 머리를 저었다.

"가망이 없습니다."

"오오, 왜 그렇게 말을 하시오?"

그레고리는 꾸짖는 듯한 어조로 말하였다.

"뇌 ― 막 ― 염입니다."

앙투안은 손을 들어 이마를 가리키며 한마디씩 끊어 말하였다. 그러고는 '이상한 사람이군.' 하고 혼잣말로 중얼거렸다.

그레고리의 얼굴은 누렇고 울퉁불퉁하였다. 죽은 사람의 머리칼처럼 윤기 없는 검은 머리칼이 별스럽게 수직을 이룬 이마 가장자리에 흩어져 있었다. 길게 늘어진 코 양옆에는 도깨비불처럼 두 눈이 빛나고 있었다. 그 눈은 흰자위가 거의 없이 새까맣고 촉촉하며 놀라우리만큼 민첩하게 움직이고 있어 원숭이의 눈을 연상케 하였다. 나른하고 냉혹해 보이는 것도 원숭이 같았다. 더욱 이상한 것은 얼굴 아래쪽이었다. 묵묵한 웃음, 감정도 나타내지 않는 그 벌어진 입은 그의 수염도 없이 쭈글쭈글하고 뼈만 앙상한 턱을 사방으로 잡아당기고 있었다.

"갑자기 그렇게 되었나요?"

목사가 물었다.

"열이 나기 시작한 것은 일요일이었습니다. 그렇지만 어제, 화요일 아침에야 확실한 징후가 나타났습니다. 곧 다른 의사 선생님들에게도 보여서 할 수 있는 모든 치료를 다 했습니다만……."

순간 그의 시선은 무엇인가 생각하는 듯하였다.

"저 선생님들은 뭐라고 하실는지 모르겠지만, 저로서는……."

결론을 내린 듯 그의 얼굴이 일그러졌다.

"저로서는 가엾게도 절망……."

"오오!"

목사는 거의 울부짖는 목소리로 그의 말을 막았다. 그의 눈은 앙투안을 뚫어지게 바라보고 있었다. 그 성난 표정을 지닌 눈은 기이한 웃음을 띤 입과는 도무지 어울리지 않았다. 마치 공기를 호흡할 수 없게 된 듯이 그는 앙상한 손을 목으로 가져갔다. 그러고는 그 손으로 턱밑을 움켜쥐고 있는 모습이 흡사 가위에 눌린 거미와도 같았다.

앙투안은 직업적인 시선으로 목사를 관찰했다.

'확실히 균형이 맞지 않아.'

그는 생각했다.

'그리고 미치광이 같은 이 내면적인 웃음, 무표정하게 찡그린 얼굴은…….'

"다니엘은 돌아왔나요?"

그레고리는 정중히 물었다.

"아직 아무런 소식도 없습니다."

"안됐군요. 부인께서!"

그는 부드러운 어조로 속삭였다.

그때 두 의사가 응접실에서 나왔다. 앙투안이 다가갔다.

"이젠 어쩔 수가 없네."

그중 늙은 의사가 앙투안의 어깨 위에 손을 얹으면서 낮은 목소리로 말하였다.

앙투안은 목사에게로 돌아섰다.

지나가던 간호사가 다가와 목소리를 낮추어 말하였다.

"선생님, 정말 이제……."

그러자 갑자기 그레고리는 더 이상 아무 말도 듣기 싫다는 듯이 돌아섰다. 숨이 막혀 견딜 수 없었다. 반쯤 열려 있는 문으로 계단이 보였다. 그는 성큼성큼 계단을 뛰어 내려갔다. 그리고 길을 건너갔다. 머리카락을 흩날리며 거미발 같은 두 손으로 가슴을 움켜쥐고, 저녁 바람을 힘껏 들이마시면서 가로수가 있는 곳을 향해 뛰기 시작했다.

"빌어먹을 의사놈들……."

그는 중얼거렸다.

그는 퐁타냉 일가와 친가족 이상으로 가깝게 지내고 있었다. 16년 전, 호주머니에 동전 한푼 없이 파리로 왔을 때 그를 따뜻이 맞아 주고 은혜를 베풀어 준 사람이 테레즈의 아버지 페리에 목사였던 것이다. 그는 결코 그것을 잊지 않았다. 그 후 은인의 임종시에는 모든 일을 제쳐 두고 침대 머리맡으로 달려왔었고, 늙은 목사는 한 손을 딸의 손에, 또 한 손은 그가 아들이라고 부르던 그레고리의 손에 잡힌 채 별세했다. 그것은 지금도 그에게는 너무도 가슴 아픈 추억이었다. 그는 홱 돌아서서 성큼성큼 다시 집으로 걸어 들어갔다. 집 앞에는 이미 의사들의 마차도 떠나고 없었다. 그는 급히 올라갔다.

여기저기 방문들이 반쯤 열려 있었다. 그는 신음 소리가 새어 나오는 제니의 방으로 들어갔다. 커튼이 드리워져 있었다. 퐁타냉 부인과 간호사와 하녀가 침대 위에 들러붙어, 풀밭에 올라온 물고기처럼 몸을 굽혔다 폈다 하고 있는 소녀를 가까스로 붙잡고 있었다.

그레고리는 턱에 손을 가져가며 얼굴을 찡그리더니 잠시 동안 묵묵히 서 있었다. 마침내 그는 퐁타냉 부인에게로 가까이 다가갔다.

"놈들이 따님을 죽여 버리겠소."

"예? 죽이다니요? 어째서요?"

퐁타냉 부인은 빠져나가려고 애쓰는 제니의 팔에 매달리며 더듬더듬 말하였다.

"놈들을 쫓아 버리지 않으면……."

목사는 다시 힘주어 말했다.

"놈들은 어린애를 죽여 버리고 말 것이오."

"누굴 쫓아 버린다는 거죠?"

"누구 할 것 없이 모두 다 말이오."

부인은 어리둥절한 눈으로 그를 쳐다보았다. 잘못 들은 것은 아닐까? 누르스름한 그레고리의 얼굴이 바로 부인의 눈앞에서 무서운 표정을 짓고 있었다.

그레고리는 얼른 제니의 한쪽 손을 잡고 몸을 굽혀 노래를 부르는 듯한 부드러운 목소리로 말했다.

"제니, 사랑스런 제니! 나를 알겠니? 나를 알아보겠니?"

천장을 향하고 있던 풀어진 눈동자가 천천히 목사에게로 옮겨 왔다.

그러자 그는 더한층 몸을 굽혀 그 눈 속에 자기의 시선을 깊이 쏟아 넣었고, 제니는 문득 신음 소리를 멈췄다.

"제게 맡겨 주십시오."

그는 세 여인을 향해 말했다.

그러나 어느 누구도 그의 말에 따르지 않는 것을 보고 그는 고개도 돌리지 않은 채 거역할 수 없는 위엄 있는 목소리로 말하였다.

"그쪽 손도 이리 주십시오. 됐습니다, 이제는 제게 맡겨 주십시오."

세 여인은 뒤로 물러섰다. 홀로 그는 침대 위에 엎드려, 생명이 꺼져 가는 눈 속에 그의 자기(磁氣)와 같은 의지력을 부어 넣고 있었다. 그가 잡아 쥐고 있던 두 손은 한동안 허공을 내젓더니 힘없이 늘어졌다. 버둥거리던 발도 역시 가만히 늘어졌다. 그리고 마침내 눈도 진정되어 감겼다. 그레고리는 여전히 몸을 구부린 채 퐁타냉 부인에게 가까이 오라고 손짓을 하였다.

"보십시오."

그는 나직이 말했다.

"가만히 있습니다. 많이 진정되었습니다. 놈들을 쫓아 버려야 합니다. 베리알(『구약성서』에 나오는 마귀의 두목)의 자손들을 쫓아 버리시오. 놈들 안에서 날뛰고 있는 '죄악'이 따님을 죽여 버릴 것입니다."

그는 웃고 있었다. 그것은 마치 자기만이 영원한 진리를 알고 나머지 사람들은 모두가 어리석음으로 채워져 있음을 알고 있는 선지자의 묵묵한 웃음과도 같았다. 그는 시선을 제니의 눈동자에 똑바로 맞춘 채 돌아보지도 않고 목소리를 낮추어 말했다.

"여인이여, 여인이여, '재앙'은 있지 아니하느니라! 그것을 만들어 내는 것은 바로 그대입니다. 그대가 그것을 있다고 인정하기 때문입니다. 보십시오. 여기에 있는 사람들 중에 희망을 가지고 있는 자는 하나도 없습니다. 그들은 모두 이렇게 말했습니다. '그만……'이라고. 그대 자신도 그렇게 생각하고 있습니다. 그리고 아까도 말하려고 했던 것입니다. '그만……'이라고. 여호와여, 나의 입에 지혜를 주옵소서. 나의 입가에 지혜를 주옵소서! 오오, 가련한 어린아이. 내가 이곳에 이르렀을 때, 이 아이의 주위에는 허무와 '부정(否定)'만이 있을 뿐이었다. 그러나 나는 말한다. '아이는 병들지 않는다.'고."

그는 사람의 마음을 움직이는 듯한 확신을 가지고 외쳤다. 그것이

세 여인에게 전달되어 그들은 마치 감전(感電)되어 버린 것 같았다.

마술사와 같은 조심스러운 행동으로 그는 천천히 손가락을 펼쳐 소녀의 사지를 놓아주고 한 걸음 가볍게 뒤로 물러섰다. 소녀는 가만히 침대 위에 눕혀졌다.

"생명은 좋으니라!"

그레고리는 노래 부르는 듯한 목소리로 말하였다.

"모든 생명은 좋으니라! 지혜는 좋으니라! 사랑은 좋으니라! 온갖 건강은 그리스도 안에 있고 그리스도는 우리 안에 계시니라!"

그는 방구석으로 물러나 있던 하녀와 간호사에게로 돌아섰다.

"제발 나가 주시오. 거기 서 있지 마십시오."

"어서 나가세요."

퐁타냉 부인도 다그쳐 말했다.

그레고리는 몸을 활짝 젖히고 있었다. 그리고 주사약통, 붕대, 얼음을 깨서 둔 얼음통들이 놓여 있는 탁자를 가리키며 저주를 퍼부었다.

"모두 내가시오!"

그는 명령했다.

여인들은 그의 말에 따랐다.

"자, 창문을 여시오!"

퐁타냉 부인과 단둘이 되자 그레고리는 유쾌하게 외쳤다.

"여시오, 활짝 여시오. 자!"

거리의 나뭇가지를 살랑살랑 흔들고 있던 산뜻한 바람이 방안의 썩은 공기 속으로 달려 들어와서 냉큼 쳐들어 돌돌 말아 가지고 밖으로 몰아내는 것 같았다. 바람은 병든 아이의 뜨거운 얼굴을 애무라도 하듯이 살며시 스쳤다.

"감기 걸리겠어요……."

퐁타냉 부인이 속삭였다.

그레고리는 처음엔 즐거운 냉소만 지을 뿐이었다.

마침내 그는 말하였다.

"창문을 닫으시오. 그래요. 예, 됐습니다. 그리고 있는 대로 등불을 모두 켜시오, 부인. 주위에는 광명이 있어야 합니다. 기쁨이 있어야 합니다. 우리들의 마음속에도 주위의 등불과 같은 빛과 기쁨이 있어야 합니다. 여호와는 우리들의 등불이시며 우리들의 기쁨이시니, 내가 무엇을 두려워하리까? 주여, 당신은 제가 저주받을 시간이 오기 전에 도착할 것을 허락하시었습니다."

그는 두 손을 쳐들어 올리며 덧붙였다. 그리고 의자를 하나 머리맡에 갖다 놓았다.

"앉으시오. 마음을 진정시키시오. 아주 침착하게. 스스로를 지키시오. 오직 그리스도의 말씀만을 들으시오. 그리스도는 따님이 건강하기를 원하십니다. 그리스도와 더불어 우리도 원합시다. 물질은 정신의 노예일 뿐입니다. 벌써 이틀째나 가엾은 이 애를 '부정세력(否定勢力)'의 침입으로부터 막아 주지 못하였습니다. 그 남자들, 그 여자들, 나는 치가 떨립니다. 그들은 최악의 것만을 생각하고, 가장 해로운 것만 부르려 하였습니다. 그리고 자기들의 보잘것없는 확신이 사라져 버리면 모든 게 끝난 것이라고 생각합니다."

신음 소리가 다시 들려왔다. 제니는 또다시 몸을 비틀기 시작했다. 갑자기 머리를 젖히고 입술이 벌어지며 금세라도 숨이 넘어갈 것만 같았다. 퐁타냉 부인은 침대 위에 엎드려 어린 제니를 끌어안은 채 얼굴에 대고 소리쳤다.

"안 돼…… 안 돼……."

목사는 마치 발작의 책임이 부인에게 있기라도 하다는 듯이 그녀에게로 다가갔다.

"겁이 납니까? 신앙을 잃어버렸습니까? 하나님 앞에서 두려움이란 없습니다. 두려움은 다만 육체적인 것입니다. 육체적인 것은 모두 버리시오. 그것은 진정한 그대가 아닙니다. 성 마가는 이렇게 말씀하셨습니다. '너희가 기도하며 바라는 것은 하나님께서 이미 주셨다고 믿으라. 그리하면 너희는 그것을 완전히 이룰 수 있을 것이다.' 그러니 그대로 기도하십시오."

퐁타냉 부인은 무릎을 꿇었다.

"기도하십시오."

목사는 엄격한 어조로 거듭 외쳤다.

"너무도 연약한 여인이여, 먼저 그대 자신을 위하여 기도하십시오. 주님께서 그대에게 믿음과 평화를 다시 주시기를! 그대의 온전

한 믿음 안에서라야만 어린아이는 구원받을 수 있습니다. '주님의 뜻'을 부르십시오. 저도 그대의 마음과 함께하겠습니다. 기도하십시다."

그는 잠시 마음을 가다듬은 후 기도를 시작했다. 그것은 처음에는 그저 가느다란 속삭임에 지나지 않았다. 그는 두 발을 가지런히 한 채 팔짱을 끼고 하늘을 향해 머리를 쳐든 다음 눈을 감고 서 있었다. 이마 가장자리의 굽슬굽슬한 머리카락은 후광(後光)인 양 검은 불길로 그의 얼굴을 둘러싸고 있었다. 차츰차츰 기도의 말이 뚜렷이 들려왔다. 소녀의 율동적인 헐떡임은 마치 그의 기도에 반주를 하고 있는 듯했다.

"전능하신 하나님! 생명을 주신 주여! 당신은 당신이 창조하신 어떤 조그만 것에라도 계시지 않은 곳이 없습니다. 그러니 지금 이 사람은 마음 깊은 곳에서 당신을 부르나이다. 시험받은 이 '집' 안에 당신의 평화를 내려 주옵소서. 어린아이가 누운 자리에서 생명의 사상이 아닌 모든 것이 물러나도록 하여 주소서. '재앙'은 우리들의 약한 마음속에만 있나이다. 아아! 주여, 우리들 안에서 '부정세력'을 몰아내 주소서! 당신만이 홀로 '무한하신 지혜'이시오니, 당신께서 우리들에게 하시는 것은 율법에 따라 행하여지는 것이옵니다. 이제 이 여인은 죽음의 문 앞에 있는 그의 어린아이를 당신에게 맡기나이다. 그는 어린아이를 당신의 '뜻'에 맡기고, 어린아이를 떠나며, 어린아이를 바치나이다. 그러하오니, 당신께서 이 여인으로부터 어린아이를 빼앗아가야만 하신다면, 이 여인은 당신의 '뜻'에 순종하나이다, 순종하나이다!"

"오오, 그만두세요! 안 돼요, 안 돼요, 제임스!"

부인은 애절한 목소리로 낮게 속삭였다.

그레고리는 한 걸음도 움직이지 않고 서서 부인의 연약한 어깨 위에 그의 무쇠 같은 손을 얹어 놓았다.

"믿음이 약한 여인이여! 그대가 정녕 그렇게 말하는 것입니까? 그대에게 주님께서 여러 번 성신을 불어넣어 주신 것을 잊었단 말입니까?"

"아아, 제임스, 지난 사흘 동안 제 마음은 너무도 고통스러웠어요. 저는 더 이상 견딜 수 없습니다."

"내 눈앞의 저 여인……."

목사는 뒤로 한 걸음 물러서며 말하였다.

"저 여인은 이미 예전의 그녀가 아니다. 그녀가 어찌 이럴 수 있느냐? 저 여인은 그녀의 마음속에, 하나님의 성전 그대로인 그녀의 마음속에 '죄악'을 넣어 버렸구나! 기도하십시오. 가련한 여인이여, 기도하십시오."

다시 신경질적인 발작을 일으킨 소녀의 몸뚱이가 침대 위에서 펄떡펄떡 뛰고 있었다. 눈이 다시금 떠졌다. 내솟은 쾡한 시선은 방안에 켜 놓은 등불을 차례차례 멀거니 둘러보았다. 그레고리는 못 본 척 우두커니 서 있었다. 퐁타냉 부인은 두 팔로 소녀를 끌어안고 경련을 멈추게 하려고 애를 쓰고 있었다.

"지극히 높으신 힘이여!"

목사는 계속 읊조렸다.

"진리여! 당신은 말씀하셨습니다. '나를 따르는 자는 자기를 버릴 지니라.'라고. 그러므로 어머니에게서 어린아이를 떼어 버리셔야 하겠거든, 어머니는 이를 받아들이나이다. 어머니는 순종하고 있나이다."

"안 돼요. 제임스, 안 돼요……."

목사는 몸을 숙였다.

"일신(一身)의 뜻을 버리시오. 내 뜻을 버리는 것은 누룩과 같습니다. 누룩이 가루를 삭이는 것처럼, 내 뜻을 버리는 것은 나쁜 생각을 삭여서 '선(善)'을 부풀어 오르게 하는 것입니다."

그러고는 다시 몸을 일으키고 말했다.

"그러므로 주여, 당신께서 원하신다면 그의 딸을 데려가소서. 어머니는 떠나나이다. 바치나이다. 어머니는 당신께 맡기나이다. 그리고 또 아들도 원하신다면……."

"그만두세요…… 그만두세요……."

"……아들도 부르셔야 하겠거든 그도 어머니에게서 데려가소서! 그로 하여금 어머니의 집 앞에 다시 나타나지 않게 하옵소서!"

"다니엘까지…… 안 돼요!"

"주여, 어머니는 당신의 '지혜'에 맡기며 기쁨으로 순종하나이다.

또 그의 남편도 원하신다면, 그도 그렇게 하옵소서."

"제롬까지…… 안 돼요."

부인은 무릎 위에 몸을 비비며 비통하게 말하였다.

"그도 불러 가옵소서."

목사는 점점 더 흥분하며 계속해서 말했다.

"거역하지 아니하오니, 오직 당신의 뜻대로 하옵소서. 광명의 근원이여! 선의 근원이여! 성신이여!"

그는 잠시 입을 다물었다. 그러고는 부인은 쳐다보지도 않고 물었다.

"그대는 희생할 각오가 되었습니까?"

"용서해 주세요, 제임스. 저는 할 수 없어요……."

"기도하십시오."

몇 분인가 지나갔다.

"그대는 희생할 각오가 되었습니까? 전적(全的)인 희생을?"

부인은 아무런 대답도 없이 침대 위에 쓰러져 버렸다.

한 시간 가까이 지나갔다. 소녀는 조금도 움직이지 않고 있었다. 다만 새빨갛게 달아오른 얼굴을 좌우로 휘젓고 있을 뿐이었다. 숨소리가 거칠었다. 지금은 감으려고도 하지 않는 그 눈은 실성한 듯한 표정을 하고 있었다.

퐁타냉 부인은 조금도 움직이지 않았지만, 목사는 마치 그녀가 자기의 이름을 부르기라도 한 듯이 갑자기 부르르 몸을 떨더니 부인의 옆으로 가서 꿇어앉았다. 부인은 몸을 일으켰다. 그녀의 긴장되어 있던 시선은 어느 정도 풀려 있었다.

"주여, 제 뜻대로 하시지 말고 주님의 뜻대로 이루어 주소서!"

그레고리는 꼼짝도 하지 않았다. 그는 이 한마디 말이 때가 되면 반드시 이루어지리라는 것을 결코 의심하지 않았다. 그는 눈을 감고 있었다. 온 열성을 다하여 하나님의 은총을 빌고 있었던 것이다.

시간은 한 시간 한 시간 계속 지나갔다. 이따금 소녀는 마지막 힘을 잃어버릴 듯하였으며, 안에 남아 있던 생명이 그의 시선과 함께 스러지는 듯하였다. 또 어떤 때는 몸 전체가 경련으로 펄떡거렸다. 그럴 때면 그레고리는 제니의 한쪽 손을 그의 두 손에 잡아 쥐고 겸허한 목소리로 말했다.

"곡식을 거두게 될 것입니다. 곡식을 거두게 될 것입니다. 그러나 기도하지 않으면 안 됩니다. 기도하십시오."

새벽 5시쯤, 그는 일어나 방바닥에 떨어졌던 이불을 소녀 위에 덮어 주었다. 그런 다음 창문을 열었다. 차가운 밤바람이 방안으로 몰려들었다. 퐁타냉 부인은 그저 무릎을 꿇고 앉아 있을 뿐 목사가 하는 행동을 막으려조차 하지 않았다.

목사는 발코니로 나갔다. 아직 어두운 새벽이었고 하늘은 금속성의 색채를 띠고 있었다. 한길이 어둠의 골짜기인 양 깊숙이 패어 있었다. 그러나 뤽상부르 공원에는 어슴푸레하게 날이 밝아오고 있었다. 한길 위에 습기가 흘러가며 검은 나뭇가지 사이에 솜처럼 서렸다. 그레고리는 몸을 떨지 않으려고 팔을 뻗쳤다. 그는 두 손으로 난간을 움켜잡았다. 신선한 아침 공기가 가벼운 바람에 나부끼며 그의 축축한 이마와 밤새 기도에 지친 그의 얼굴을 스쳐 갔다. 벌써 지붕들은 푸른빛을 띠었고, 집집마다 연기에 그을은 듯한 시커먼 담 위로 덧문들이 드러나기 시작했다.

그레고리는 동쪽을 향해 섰다. 어두운 밤의 구덩이로부터 한 겹의 드넓은 빛의 평면(平面)이 그에게로 다가왔다. 이윽고 그 장밋빛 광채는 하늘 가득히 퍼져 찬란하게 빛났다. 자연 전체가 깨어나고 있었다. 헤아릴 수 없이 무수한 분자(分子)가 아침의 대기 속에서 즐겁게 반짝이고 있었다. 그러더니 갑자기 새로운 바람이 그의 가슴을 부풀리고 초인간적인 힘이 그의 내부로 스며들어 그를 쳐들어 올리며 그를 무한히 크게 했다. 순간 그는 끝없는 가능성을 자각했다. 그의 생각이 모든 우주를 지배하고 있었으며, 모든 것을 능히 할 수 있었다. 그가 나무에게 '흔들려라.' 하고 말하면 그 나무는 흔들릴 것이요, 이 소녀에게 '일어나라.' 하고 말하면 소녀는 다시 살아날 것이다. 그는 팔을 들었다. 갑자기 그의 몸짓을 그대로 옮겨 받은 듯이 한길의 나뭇가지들이 파닥거렸다. 그의 발밑에 있는 나뭇가지 사이에서 새들이 기쁨에 차 지저귀며 떼 지어 날아갔다.

그러자 그는 침대로 가까이 다가가 무릎을 꿇고 있는 어머니의 머리 위에 두 손을 얹고 외쳤다.

"할렐루야, 사랑하는 자여! 마음의 온전한 청결은 이루어졌습니다."

이어 그는 제니에게로 다가갔다.

"어둠은 물러갔다. 사랑하는 제니, 손을 내게 다오."

이틀 동안 아무 말도 알아듣지 못하던 제니가 두 손을 내밀었다.

"나를 보거라."

아무것도 보지 못하던 풀어진 두 눈동자가 그를 똑바로 쳐다보았다.

"'그분은 죽음의 늪에서 너를 건져내시리라. 그리고 땅 위의 짐승들은 그분과 함께 평안하리라.' 제니, 너는 이제 건강하다. 어둠은 이미 사라졌다. 평화롭다. 하나님께 기도하여라."

소녀의 시선은 의식이 돌아온 듯한 빛을 띠고 있었다. 소녀의 입술이 움직였다. 정말 기도하려는 것 같았다.

"자, 제니야! 이제는 그 누구도 너를 방해하지 않는다. 안심하고 푹 자거라."

몇 분이 지나자 비로소 제니는 이틀 만에 잠이 들기 시작했다. 움직이지 않던 머리는 베개 위에 포근히 놓여 있었다. 속눈썹의 그림자가 뺨 위에 늘어지고 입술은 고른 호흡을 내쉬었다. 제니는 살아난 것이었다.

6

  그것은 표지가 회색 헝겊으로 된 학습용 노트였는데, 선생님의 눈을 피하여 자크와 다니엘 사이에 오갔던 것이었다. 처음의 몇 페이지에는 흘려쓴 글씨로 이런 것들이 적혀 있었다.

  "로베르 르 피유(프랑스의 왕 로베르 2세, 996~1031년)의 연대를 아니?"

  "rapsodie인지 rhapsodie인지?"

  "eripuit('그는 뽑았다'라는 의미의 라틴어)를 뭐라고 번역하니?"

  또 어떤 페이지에는 다른 쪽지에다 쓴 자크의 시(詩)에 관한 것이라 짐작되는 주해(註解)와 정정(訂正)으로 가득 차 있었다.

얼마쯤 넘기자 두 학생이 주고받은 편지가 시작되고 있었다.

약간 긴 첫 편지는 자크가 쓴 것이었다.

파리 아미요 중학교 3학년 A반, 별명이 '돼지털'인 QQ의 감시 아
래서, 3월 17일 월요일 3시 31분 15초.

너의 정신 상태는 무관심, 관능적 쾌락, 애정, 이것들 중 어느 것
이냐? 내 생각엔 세 번째 상태가 아닌가 싶다. 다른 것들보다 훨씬
너다우니까.

나로 말하면, 내 감정을 캐 보면 캐 볼수록 사람이란 한낱 짐승에
불과하고 애정만이 사람을 승화시킬 수 있다고 생각한다. 이것은 상
처를 입은 내 마음의 부르짖음이다. 이 부르짖음은 나를 속이지 않
는다.

사랑하는 벗이여, 만일에 네가 없었다면 나는 한낱 열등생, 바보
에 지나지 않았을 것이다. 나에게 어떤 열정이 있다면 그것은 모두
가 너의 덕택이다.

나는 우리들이 서로의 것이 될 수 있었던 그러한 때를 아, 그것은
너무나 가질 기회가 적었고 너무나 짧은 시간이었지만 결코 잊어버
릴 수 없을 것이다. 너는 나의 유일한 사랑! 나는 다른 어떤 사랑도
가질 수가 없을 것이다. 너와의 열렬한 추억이 곧 나의 눈앞을 막아
설 것이니까.

잘 있어. 그만 써야지. 나는 열이 나고, 골치가 아프고, 눈이 풀어
진다. 어떤 일이 있어도 우리들을 떼어 놓지는 못할 것이다. 그렇지?

오오, 언제, 언제나 우리는 자유를 누릴 수 있게 되는 것일까. 언
제나 우리는 함께 살며 여행할 수 있을까? 낯선 이국의 땅들을 나는
얼마나 사랑할 것인가? 둘이서 함께 이곳저곳에서 영원불멸의 인상
들을 거두어, 아직도 그것들이 생생할 때에 둘이서 함께 시(詩)로 옮
겨 올 수 있다면!

기다리는 건 싫다. 가능한 한 빨리 회답을 다오. 내가 너를 사랑
하는 만큼 너도 나를 사랑한다면, 4시까지 회답을 해 주기 바란다.

나의 마음은 너의 마음을 껴안는다. 페트로니우스(고대 로마의 작
가)가 천사 같은 유니스를 껴안듯이!

Vale et me ama(잘 있거라. 그리고 나를 사랑해다오)!

J.

다니엘은 다음 페이지에서 그 편지에 대한 회답을 하고 있었다.

비록 다른 하늘 아래서 나 홀로 살고 있다 할지라도, 우리들 두
마음 사이에 맺어진, 진실로 이 세상에 하나밖에 없는 우정이 나에
게 네게 일어나고 있는 모든 것을 알게 하고야 말 것만 같다는 생각
이 든다. 우리들의 우정 위에는 시간도 그 흐름을 멈춘 것 같구나.

너의 편지가 내게 준 기쁨을 말로 한다는 것은 불가능하다. 너는

나의 벗이 아니었던가? 그리고 그 이상의 것, 나의 진정한 반신(半身)이 되지 않았는가? 네가 나의 정신 형성을 도와 준 것처럼 나도 너의 정신 형성을 돕지 아니하였는가?

아아, 나는 이 편지를 쓰면서 그것이 얼마나 질적(質的)으로나 양적(量的)으로 사실인가를 느낄 수 있다! 나는 살아 있다! 내 안에 있는 모든 것이, 육체도, 정신도, 마음도, 상상력도, 너의 애정으로 말미암아 살아 있다. 나의 진실한 유일무이의 벗이여, 나는 너의 애정을 결코 의심하지 않겠다.

Tibi(나의 가장 사랑하는 벗이여)

D.

추신. 나는 어머니에게 자전거를 팔아 달라고 하였다. 너무 낡았거든.

또 한 통의 자크의 편지.

오오, Dilectissime(나의 정다운 벗이여)!

어떻게 너는 때로는 즐거워하다가 때로는 슬퍼할 수 있느냐? 나는 미칠 듯이 즐거운 가운데서도 때때로 쓰디쓴 회상에 사로잡히곤 한다. 그렇다. 나는 벌써부터 알고 있다. 앞으로 나는 결코 경박하게 그저 즐거워하기만 할 수는 없을 것이다! 내 앞에는 언제나 도달하기 힘든 높은 이상(理想)의 유령이 서 있다.

아아, 나는 이따금 너무도 현실적인 이 세계를 떠나서 살고 있는 핏기 없고 창백한 얼굴을 가진 수녀들의 법열경(法悅境)에 이른 기쁨을 알 수 있을 것 같다! 날개를 가지고 있으면서도 감옥 철창에 부딪혀 무참히도 꺾여 버려야 한다는 말인가!

나는 적의를 품은 세계 안에서나 홀로 있다. 사랑하는 아버지도 나를 이해하지는 못한다. 아직 내 나이도 어리건만, 벌써 내 뒤에는 얼마나 많은 부러진 초목, 비로 변해 버린 이슬, 애타는 욕망, 쓰디쓴 절망이 있는지!

사랑하는 벗이여, 나의 이런 처량한 심경을 용서해다오. 나는 지금 생성(生成) 중에 있는가 보다. 머리가 이글이글 끓어오른다. 그리고 마음도(그럴 수만 있다면 더욱 맹렬하다고 하겠다). 우리는 꼭 손잡고 함께 있자! 둘이서 함께 암초(暗礁)를 그리고 쾌락이라고 일컫는 그 회오리바람을 피해 가자!

내 손에서는 모든 것이 다 사라져 버렸다. 그러나 오오, 나의 진정한 마음의 벗이여, 나에겐 한 가지 — 그것은 우리의 비밀 — 나는 너의 것이라는 무한한 기쁨이 있다.

J.

추신. 암기해야 할 것이 있어서 서둘러 이 편지를 마친다. 아직 한 자도 외지 못하였으니…… 빌어먹을!

사랑하는 벗이여, 만일 네가 없었다면 나는 자살하고 말았을 것이다!

다니엘은 곧 회답을 하고 있었다.

벗이여, 너는 괴로워하고 있는가?

그렇게도 젊은 너, 오오, 사랑하는 벗이여, 그렇게도 젊은 너에게 인생을 저주해야 할 이유가 어디 있느냐? 그건 잘못된 일이다. 뭐라고? 너의 영혼이 지상(地上)에 얽매여 있다고? 공부하라! 희망을 가지라! 사랑하라! 독서하라!

어떻게 하면 네 마음을 짓누르는 고통에서 너를 벗어나게 할 수 있을까? 어떻게 하면 그 같은 절망적인 부르짖음을 그치게 할 수 있을까? 아니다, 벗이여. 인생이란 결코 '이상(理想)'과 상반되는 것이 아니다.

벗이여, 그것은 오직 시인이 만들어낸 한낱 환상에 지나지 않는 것이 아니다! 내 생각에는 '이상'이란(설명하기는 어렵지만), 지상에서 가장 하찮은 것까지 위대성을 부여하는 것이 아닐까. 언제나 우리가 하는 모든 것을 위대하게 만드는 것, 조물주가 신성한 능력이 되라고 우리들 속에 불어넣은 모든 것의 완전한 발전! 내 말을 알아듣겠는가? 이것이 내가 생각하는 '이상'이다.

하여튼 죽을 때까지 충실한 벗이여, 많이 꿈꾸고 많이 고민한 탓으로 인생의 많은 경험을 가진 벗을 네가 믿는다면, 언제나 너의 행복만을 바라고 있는 너의 벗을 네가 믿는다면, 너는 너를 이해하지 못하는 사람들과 너를 멸시하는 외부의 세계를 위하여 살고 있는 것이 아니라, 항상 너를 생각하고 모든 일에 대하여 너와 똑같이 느끼며 너와 함께 느끼고 있는 어떤 사람―그건 나다―을 위해서 살고 있다는 것을 잊지 마라.

아, 우리들만이 가질 수 있는 이 따뜻한 우정이 너의 상처 위에 향기로운 성유(聖油)가 되기를!

D.

자크는 즉시 여백에 이렇게 흘려썼다.

용서하라! 사랑하는 벗이여, 이것은 나의 과격하고 허황되며 경박한 성격의 결함이다. 나는 암담한 절망에 빠졌다가도 엉뚱한 희망을 품곤 한다. 배의 맨 밑바닥에 있다가도 다음 순간엔 구름 위에까지 떠올라 가는 것이다. 나는 어떤 것도 지속적으로 사랑할 수가 없는 것일까?(너는 빼놓고! 그리고 또 내 예술도!). 그것이 나의 운명이다. 이 고백을 받으라.

나는 너를 존경한다. 너의 너그러움은 존경할 만하며, 너의 꽃 같은 감수성이 그렇고, 너의 모든 생각과 너의 모든 행동 그리고 너의 모든 사랑 안에서 볼 수 있는 진지함이 그렇다. 너의 모든 애정과 감동, 그것들을 나는 너와 함께 느낀다. 우리들이 서로 사랑할 수 있었고 고독으로 황폐해진 우리들의 마음이 다시 떨어질 수 없을 만큼 굳게 맺어져 있음을 하나님께 감사하자!

　결코 나를 버리지 말아다오!

　그리고 우리들은 우리들 서로 안에

　'우리들의 사랑'의 열정적인 대상을

　가지고 있다는 것을 영원히 기억하자!

J.

　이어서 다니엘의 늘씬하고 힘찬 글씨가 두 페이지에 걸쳐 길게 쓰여져 있었다.

　4월 7일, 화요일.

　벗이여,

　나는 내일이면 열네 살이 된다. 작년에 나는 '열네 살……' 하고 마음속으로 중얼거렸다. 마치 붙잡을 수 없는 아름다운 환상이거나 한 것처럼 시간은 흘러흘러 우리들을 시들게 한다. 그러나 사실 아무것도 변한 것은 없다. 우리들은 언제나 우리들인 것이다. 나 역시 기운이 빠지고 나이를 먹었다는 느낌 이외에는 아무것도 변하지 않았다.

어젯밤 나는 자리에 누워서 뮈세의 책을 한 권 꺼내 들었다. 지난 번에 읽었을 때는 부들부들 떨고, 때로는 눈물을 흘리곤 하였었다. 어제는 오랫동안 흥분한 채 잠을 이루지 못했다. 그러나 아무런 감동도 느끼지 않았다. 나는 구절구절 잘 다듬어지고, 음향이 좋다고 생각했을 뿐이었다. 오오, 망령됨이여! 마침내 시적 감정이 마음속에 우러나 감미로운 눈물이 쏟아지고, 비로소 나의 마음은 감격에 떨었던 것이다.

아, 나의 마음이 메마르지 않기를! 생활에 찌들어 나의 마음과 감각이 무디어지는 것이 두렵다. 나는 나이를 먹는다. 벌써 신(神)이라든가, 정신이라든가, 사랑이라든가, 그러한 커다란 관념들이 이전처럼 나의 가슴속에 벅찬 감동으로 다가오지 않는다. 그리고 모든 것을 쏟아 버리는 '회의(懷疑)'가 어쩌다가 나의 마음을 아프게 한다. 슬프다. 어째서 이론을 들먹이는 대신 마음의 온 힘을 다하여 살지 못하느냔 말이다!

우리들은 너무 이론만 따진다. 나는 아무것도 돌아보지 않고 이런 저런 생각 없이 그저 위험 속으로 뛰어드는 젊음의 의기가 부럽다. 나는 내 세계 안에 웅크리고만 있지 않고 그저 눈을 감고 어떤 고매한 사상, 순결한 하나의 이상을 가진 '여성'에게 내 몸을 바치고 싶다. 아아, 이 구제할 길 없는 갈망이란 참으로 고통스럽다.

너는 나의 진지함을 높게 평가하고 있지만 그것이야말로 나의 빈곤, 나의 저주받은 운명이다. 나는 이 꽃 저 꽃, 꽃을 찾아 헤매 다니는 꿀벌은 아니다. 마치 한 송이 장미꽃의 품속에 틀어박혀 있는 풍뎅이랄까? 그 속에서 살다가 마침내 장미꽃의 꽃잎이 아물어 버리면, 그 마지막 포옹 속에서 내가 선택한 꽃에 안기어 절명하는 것이다.

오, 벗이여, 너에 대한 나의 애정도 그토록 충실하다. 너는 나를 위하여 이 황폐한 땅 위에 피어오른 다사로운 장미꽃. 정다운 너의 가슴속 깊이 나의 어두운 슬픔을 파묻어다오.

D.

추신. 부활절 방학 동안에는 아무 걱정 말고 집으로 편지해도 괜찮다. 우리 어머니는 절대로 나의 편지를 뜯어보거나 하지 않으니까(그렇지만 너무 이상한 이야기는 쓰지 말고). 졸라의 『괴멸(壞滅)』을 다 읽었다. 네게 빌려 줄 수 있겠다. 그 감격이 아직도 사라지지 않고 내 마음을 떨리게 한다. 그 힘과 심오함이 아름답다. 나는 이제 『베르테르』를 읽으려고 한다. 아아, 그것이야말로 모든 책 중의 책이다! 쥐프(19세기 프랑스의 여류 작가)의 『그 남자와 그 여자들』도 구했지만 『베르테르』를 먼저 읽으련다.

자크는 다음과 같이 엄숙한 글을 써 보내고 있었다.

벗의 열네 살을 맞이하여

세상에는 낮에 말할 수 없는 고통을 받으며 밤에도 잠 못 이루고, 마음속에는 관능의 만족으로도 채우지 못하는 공허를 느끼고, 머릿속에서는 모든 능력이 이글이글 끓어오르는 것을 느끼며, 환락의 자리에서 즐거워하고 있는 사람들 가운데 있으면서도 갑자기 시커먼 날개를 벌린 '고독'이 자기의 마음 위에 뒤덮이는 것을 느끼는 그런 사람이 있다.

세상에는 그 어떤 것도 바라지 않고, 아무것도 두려워하지 않으며, 삶을 미워하면서도 그것을 버릴 용기조차 없는 사람이 있는 것이다. 이 사람은 곧 '신(神)을 믿지 않는 자'다.

J.

추신. 이 편지를 깊이 간직해 두어라. 마음이 처량할 때 그리고 보람 없이 어둠 속에서 부르짖는 일이 있을 때, 이 글을 다시 읽어라.

"방학 동안에 공부 좀 했니?"

어느 한 페이지 위쪽에 다니엘이 묻고 있었다. 자크는 다음과 같이 회답하고 있었다.

나는 나의 시 『아르모니우스와 아리스토지통』과 같은 종류의 시를 한 편 썼다. 첫머리가 꽤 멋지게 되었다.

　　아베 가이사! 지금 여기 파란 눈을 가진 갈리아의 여인이 있
어……
　　당신을 위해 바치나니, 그것은 잃어버린 고국의 정든 춤!
　　마치 눈 내리듯 나는 백조 떼 아래, 강변에 핀 한 송이 연꽃과
도 같네.

　　허리는 가볍게 떨면서 늘어지고……
　　황제여!…… 무거운 칼을 번쩍였노니……
　　보옵소서! 이는 그들의 고향의 춤이옵니다!……

등등…… 마지막엔 이렇다.

　　어이함인가! 가이사! 얼굴빛 창백해짐은 어이함인가!
　　날카로운 칼끝이 무희(舞姬)의 목을 찔렀더니라!
　　술잔은 떨어져 내리고…… 눈은 감기어……
　　피 묻은 몸뚱이
　　달빛 고요한 밤에 나형(裸形)의 춤!

　　호숫가에 타오르는 거대한 화롯불 앞에

이제야 가이사의 잔치를 위한 금빛 머리 여전사(女戰史)의 춤은
끝났도다!

나는 이 시에다 『붉은 제물』이라는 제목을 붙였다. 그리고 이 시
에 맞춘 무용도 있다. 나는 이 무용을 올랭피아 극장에서 춤춰 달라
고 천사 같은 로이 풀러(영국의 여류 무용가)에게 바치고 싶다. 어떨
까? 그 무용수가 받아 줄까?

나는 며칠 전부터 정형시(定型詩), 특히 고전시대의 유명한 시인들
의 것처럼 운율을 갖춘 시로 돌아가겠다는 굳은 결심을 하였다(결국
나는 그것이 어려우니까 그런 시를 경멸해 왔던 것이라고 생각한
다). 지난번에 네게도 말한 그 순교자를 소재로 하여 매 절마다 운
율로 갖춘 단시(短詩)를 한 편 썼다. 처음 시작은 이렇다.

나사로 회(會), 고(故) 페르부아르 신부에게 바침.

1839년 12월 20일, 중국에서 순교.

1889년 1월, 선복식(宣福式 : 죽은 후 복자품에 올릴 때 행하는
의식) 거행.

경배하노라, 성스러운 선교사여, 고대의 숭고한 순교는

놀란 온 누리를 두려움에 떨게 하도다!

허하시라, 나의 노래가 칠현금 위에 그대를 노래함을.

그대, 우리들 하나님의 백성의 영웅을.

그러나 어젯밤부터 나는 내가 진정으로 할 수 있는 일은 시를 쓰는 게 아니라 소설—그것도 꾸준히 할 수만 있다면 장편소설—을 쓰는 것이라는 생각이 들었다. 커다란 주제를 구상하고 있는데 들어보렴.

한 처녀가 있는데 그는 천재 예술가의 딸이고, 그 자신도 예술가다(약간 경박한 타입이지만, 하여튼 자신의 이상을 가정 생활에 두지 않고 '미(美)'의 표현에 두고 있다). 그 처녀는 어떤 감상적이고 용렬한 청년의 사랑을 받고 있다. 처녀의 야성적 미에 매혹된 것이다. 그러나 얼마 지나지 않아 두 사람은 맹렬히 서로 미워하게 되어 헤어진다. 그 후 청년은 어떤 시골 처녀와 결혼하여 정숙한 가정을 꾸리고, 처녀는 사랑의 상처를 안고 방탕한 생활을 한다(혹은 하나님께 처분을 바란다. 어떻게 해야 할지 생각 중이다).

대강 이렇다. 어떤가?

아아, 어떠한 기교도 부리지 않고 자연을 그대로 따를 것. 그리고 자기 자신이 창조하기 위하여 태어났다고 자각할 때, 자기는 가장 중대하고 가장 아름다운 사명을 띠고 있으며, 다해야 할 커다란 의무를 가졌다고 생각할 것. 그래야 하지 않을까? 그렇다. 성실할 것! 모든 일에 언제나 성실할 것!

아아, 이런 생각이 얼마나 가혹하게 나를 쫓아다니는지! 수만 번이나 나는 나 자신 안에서, 모파상이 『물 위에서』라는 기행문에서 이야기한 가짜 예술가, 가짜 천재의 거짓을 발견한 듯했었다. 그때마다 나는 구역질이 치밀어 오름을 느끼곤 했지. 오오, 사랑하는 벗이여, 나는 너를 나에게 보내 주신 것을 하나님께 얼마나 감사하는지 모른다. 우리들은 우리들 자신을 똑똑히 알고 우리들의 진정한 우정에 환상을 갖지 않기 위하여 얼마나 서로를 필요로 할 것이냐!

나는 너를 열렬히 사랑한다. 나는 지금 오늘 아침과 같이 굳게 네 손을 잡는다. 무한한 기쁨 속에 전적으로 너의 것인 나의 온몸을 다 바쳐서!

주의해, QQ가 아니꼬운 눈초리로 우리들을 보았다. 우리들이 고상한 사상을 가지고 있다는 것 그리고 자식이 살류스티우스(로마의 역사가, 기원전 86~43)를 읽고 있는 동안에 우리들이 가진 그 고귀한 사상을 친구에게 전달하고 있다는 것은 생각도 못할 것이다.

J.

또 다른 자크의 편지. 단숨에 갈겨써서 거의 읽을 수 없었다.

Amicus amico(벗으로부터 벗에게)!

나의 마음은 터질 것만 같다. 그 끓어오르는 파도를 될 수 있는 대로 이 종이 위에 쏟아 놓으련다.

고민하고 사랑하고 희망하기 위하여 이 세상에 태어난 나는 희망하고 사랑하고 그리고 고민한다. 나의 일생의 이야기는 단 두 줄로 요약될 수 있다. 나에게 살아가는 힘을 주는 것은 사랑 그리고 나에게는 단 하나의 사랑이 있을 뿐. 그건 너다!

어릴 적부터 나의 온 마음을 지배하고 있는 이러한 것들을 나는 나를 전적으로 이해해 주는 어떤 사람의 마음속에 털어놓을 수 있기를 원했었다. 지난 시절, 나는 형제처럼 생각되던 가공(架空)의 인물에게 얼마나 많은 편지를 썼던가! 그러나 애처롭게도 나의 마음은 취한 듯이 나 자신에게 말하고 있었던 것이다. 아니 편지를 써 보낼 뿐이었다. 그런데 갑자기 하나님은 내 마음속에 존재하고 있던 이상에 육신을 보내 주셨고, 그리고 오오, 사랑하는 벗이여, 그것이 바로 너였다. 어떻게 하여 시작되었는가? 지금 생각하면 알 수 없는 일이다. 하나하나 더듬어 보아도 빠져나갈 수 없는 미궁(迷宮)에서 헤맬 뿐 시초를 찾을 수가 없다. 하지만 우리의 사랑처럼 기껍고 숭고한 것이 또 있을까? 아무리 찾아보아도 헛수고일 뿐이다. 우리들의 크나큰 비밀에 비하면 다른 모든 것들은 빛을 잃어버린다. 이것이야말로 우리 두 존재를 따뜻하게 하고 찬란히 빛나게 하는 태양이다. 하지만 이러한 것들은 글로는 도저히 표현할 수 없다. 써 놓고 보면 사진을 박은 것과 같다.

그만 쓸 테다.

너는 아마도 도움과 위로와 희망을 바라고 있을 텐데, 나는 정다운 말을 하기는커녕 자기를 위해서밖에 살지 못하는 한낱 에고이스

트로서 마음의 한탄만을 적어 보내는구나. 사랑하는 벗이여, 용서하여라. 다른 말은 쓸 수가 없다. 나는 지금 위기 속에서 헤매고 있다. 나의 마음은 산골짜기의 자갈바닥보다도 더 메말라 있다. 모든 것에 대한 불안, 또 자기 자신에 대한 불안보다 더 잔인한 괴로움이 또 어디 있겠는가!

나를 멸시해다오! 다시는 내게 편지를 쓰지 마라. 다른 사람을 사랑하라. 나는 이미 너라는 선물을 받을 만한 자격이 없는 놈이다.

오오, 운명의 장난이여, 너는 나를 어디로 끌고 가느냐? 어디로? 허무로!

편지를 보내다오! 네가 없다면 나는 죽어 버릴 것이다.

Tibi eximo, carissime(그대에게, 마음으로부터 사랑하는 벗이여)!

J.

비노 신부는 노트 마지막에 도망가기 전날 교사에게 빼앗긴 편지를 넣어 두었다. 글씨체는 자크의 것이었다.

비겁하게 증거도 없이 공박하는 그자들에게 치욕이 있으라.

치욕과 재앙이!

이 모든 음모는 비열한 호기심으로 말미암은 것이다.

그자들은 우리의 우정을 훼방하고 있으며, 그 방법은 치사스럽기 짝이 없다.

비겁한 타협을 해서는 안 된다. 폭풍을 무릅쓰고 나가자! 그렇게
못할 바엔 차라리 죽는 편이 낫다!

우리들의 사랑은 험구와 위협 위에 우뚝 솟아 있다!

그 증거를 보여 주자.

죽을 때까지 너의 것인

J.

7

그들은 그 일요일 밤 12시가 조금 지나서 마르세유에 도착하였다. 이미 흥분은 가라앉아 있었다. 그들은 어둠침침한 열찻간의 나무 의자 위에서 몸을 웅크리고 잤다. 열차가 정거장에 닿는 소리, 전차대의 요란스러운 소리에 그들은 벌떡 잠이 깼다. 그러고는 눈을 깜빡거리며 아무 말도 없이, 마치 술이 깬 후의 불안한 마음으로 플랫폼에 내려섰던 것이다. 잘 곳을 찾아야만 했다. 정거장 맞은편에 '호텔'이라고 쓴 간판을 내건 흰 전등 밑에서 주인이 손님을 끌기 위해 서 있었다. 둘 중에서 좀더 침착한 편인 다니엘이 하룻밤을 자겠노라며 침대가 둘 있는 방을 청하였다. 주인은 못 미더워하며 꼬치꼬치 캐물었다. 그들은 그런 경우에 대비해 미리 대답을 준비해 두었었다. '파리 정거장에서 아버지가 잊고 온 짐 보따리를 찾으러 가시

는 바람에 기차를 놓쳐 버렸다. 아버지는 내일 첫차로 오실 것이다.'
라고. 주인은 휘파람을 불며 험상궂은 눈초리로 그들을 훑어보았다.
그러다가 마침내 그는 숙박부를 펼쳤다.

"여기에 이름을 써요."

그가 다니엘에게 말하였다. 다니엘이 형처럼 보이기도 했지만—
다니엘은 열여섯 살 정도는 되어 보였다—그보다도 얼굴 생김새며
그 모습 전체에 흐르는 기품이 어쩐지 우러러보지 않을 수 없게 하
였다. 그는 호텔 안으로 들어서면서 모자를 벗었다. 조바심에서 그
렇게 한 것은 아니었다. 다니엘이 모자를 들어 팔을 내리는 몸짓에
는 독특한 분위기가 있었고, 그것은 '내가 모자를 벗는 건 특별히
당신을 위해서가 아니라, 다만 예의를 갖추기 위해서일 뿐이오.' 하
고 말하는 것 같았다. 양쪽으로 가른 검은 머리칼은 매우 흰 이마
한복판이 이 모자로 인해 움푹 들어가 있었다. 갸름한 얼굴은 선(線)
이 분명하고 의지가 있어 보이면서도 온순하여 조금도 횡포한 데가
없는 턱으로 끝나고 있었다. 그 시선은 주저하지도 않고 대드는 기
색도 없이 주인의 직분을 태연히 받아넘겼던 것이다. 그리고 아무
거리낌없이 '조르주 르그랑, 모리스 르그랑'이라고 장부에 적어 넣
었다.

"하룻밤에 7프랑입니다. 선금을 받게 되어 있어요. 첫차는 5시 30
분에 도착합니다. 깨워 드리죠."

둘은 배가 고파 죽을 지경이었으나, 그런 내색은 하지 않았다. 방

안의 가구라고는 침대가 둘, 의자가 하나, 대야가 하나 있을 뿐이었다. 방안에 들어섰을 때 그들은 서로 보는 데서 옷을 벗어야 함을 상기하고 같은 망설임에 어찌할 바를 몰랐다. 졸음도 달아나 버렸다. 어색한 분위기를 가라앉히기 위하여 그들은 침대 위에 앉아서 돈을 셈해 보았다.

그들의 재산은 모두 합하여 188프랑이었다. 그것을 둘이서 나누어 가졌다. 자크는 포켓 속에서 조그만 코르시카 단도, 오카리나(작은 서양 피리의 일종), 25상팀짜리 단테의 번역판 그리고 반쯤 녹아 버린 초콜릿 한 개를 꺼내어 그 절반을 다니엘에게 주었다. 그러고는 어찌할 바를 모르고 있었다. 다니엘은 우물쭈물 시간을 보내려고 구두끈을 풀었다. 자크도 따라 했다.

마침내 다니엘이 결심을 하고 말하였다.

"이제 불을 끈다. 잘 자……."

그러고 나서 다니엘은 촛불을 훅 불었다. 그리고 그들은 아무 말도 하지 않고 얼른 침대 속으로 기어 들어갔던 것이다.

아침 5시가 채 되기 전에 방문을 두드리는 소리가 들렸다.

그들은 희미한 새벽빛을 등불 삼아 유령처럼 옷을 입었다. 또 뭐라고 말을 해야 할 것이 겁이 나서 주인이 준비해 준 커피도 거절했다. 그러고는 부들부들 떨면서 굶주린 채 정거장의 식당으로 갔다.

정오가 되었을 때 그들은 벌써 마르세유를 이리저리 싸돌아다니고 있었다. 날이 밝았다는 그리고 자유의 몸이라는 생각이 그들을 대담하게 만들었던 것이다.

자크는 거리의 인상을 적기 위해 수첩을 한 권 사 가지고 이따금 어떤 영감이 떠오른 듯 멈춰 서서는 무엇인가 끼적거리고 있었다. 그들은 빵과 소시지를 사 가지고 항구로 내려가 묶어 놓은 동아줄 위에 자리잡고 앉아서 정박해 있는 커다란 기선이며, 계속해서 흔들거리고 있는 작은 배들을 바라다보았다.

그때 선원 한 사람이 동아줄을 풀려고 다가와 그들을 일어서게 하였다.

"이 배는 어디로 갑니까?"

자크가 용기를 내어 물었다.

"배에 따라 다르지. 어떤 배를 말하느냐?"

"저쪽의 큰 배요."

"마다가스카르."

"그래요? 그럼 좀 있으면 떠나는 걸 볼 수 있어요?"

"저건 목요일이나 되어야 떠날걸. 배가 떠나는 것을 보고 싶거든 이따 저녁 5시에 와 봐. 저기 있는 라파이에트 호가 튀니스로 떠날 테니까."

두 소년은 원했던 정보를 얻은 셈이었다.

"튀니스라지?"

다니엘이 지적했다.

"튀니스는 알제리아가 아닌데……."

"그래도 아프리카임엔 틀림없어."

자크는 빵을 한입 물면서 말했다.

좁은 이마 위에 마치 잡풀처럼 텁수룩한 갈색 머리칼, 귀가 오뚝 일어선 얼굴, 가느다란 목, 쉴 새 없이 찡그리고 있는 못생긴 조그만 코, 게다가 상자 더미에 기대어 쪼그리고 있는 꼴은 흡사 너도밤나무 열매를 깨물고 있는 한 마리의 다람쥐 같았다.

다니엘은 먹기를 멈추고 있었다.

"자크…… 여기서 집에다 편지를 보내면 어떨까……."

자크의 눈빛이 그의 말을 가로막았다.

"너 미쳤니?"

자크는 입 안 가득 빵을 베어 물고는 외쳤다.

"우리가 내리자마자 잡으러 오라고?"

그는 화가 난 표정으로 다니엘을 노려보았다. 볼품없고 주근깨가 들어박혀 더욱 밉게 보이는 얼굴 위에 싸늘한 푸른빛을 띤 고집스런 눈이 생기를 지니고 있었다. 그 시선은 수시로 변하고 있어 거의 종잡을 수 없었다. 진지한 표정인가 하면 어느새 깜찍스러운 표정으로 변하고, 때로는 부드럽고 다정스럽기까지 하다가는 갑자기 영악해지기도 하며, 어떤 때는 눈물이 글썽글썽할 때도 있으나 대개는 메마르고 불타오르는 듯하여 어떤 감동도 느낄 수 없는 것 같았다.

다니엘은 뭐라고 대꾸하려다가 입을 다물었다. 그의 타협적인 얼굴은 아무 저항도 없이 자크의 성난 표정을 대하고 있었다. 그는 무안하다는 듯이 웃음을 지었다. 그의 미소는 독특했다. 조그맣고 도톰한 그 입이 불쑥 왼편으로 올라가 하얀 이가 드러나 보이면 그의 진중한 얼굴에 뜻밖에 명랑한 빛이 떠올라 오히려 매력적으로 보였다. 왜 이 분별 있는 큼직한 소년은 그 못된 소년의 기세를 꺾으려 하지 않는 것일까? 그의 교양이라든가 자유로운 가정생활이라든가, 그런 것들은 응당 그로 하여금 자크에 대하여 건드릴 수 없는 연장자의 권리를 행사하게 할 수 있지 않은가? 뿐만 아니라 그들이 서로 알게 된 중학교에서도 다니엘은 우수한 학생이었으며, 자크는 언제나 열등생이 아니었던가? 명석한 다니엘의 두뇌는 남들의 기대를 항상 앞질러 나갔고, 그와 반대로 자크는 공부를 게을리 하고 있었다기보다는 전혀 공부를 하려고도 하지 않았다. 지능이 부족했기 때문이었을까? 아니었다. 다만 불행히도 그의 지능은 공부와는 전혀 거리가 먼 방향으로 나아가고 있었다. 그의 마음속에는 마귀가 도사리고 있어서 항상 그를 꾀어 온갖 엉뚱한 행동을 시키는 것이었다. 그는 지금까지 한 번도 유혹을 이겨 본 적이 없었다. 또 그 자신 역시 아무런 양심의 가책도 느끼지 않고 오히려 그런 마귀의 욕망에 만족하고 있는 것 같았다. 그보다도 더욱 이해할 수 없는 일이 있었다. 그것은 모든 점에 있어서 반에서 꼴찌였음에도 불구하고 동급생들 그리고 교사들까지도 그에 대하여 어떤 흥미를 갖지 않고는 배길 수 없었다는 사실이다. 습관과 규율 안에서 개성을 잃고 있는 소년들 가운데 있어서, 또 타고난 천분이 침전되어 썩어 버리고 있는 듯한 교사들에 있어서 이 열등생은 비록 볼품없는 얼굴을 가졌으나 솔직함과 강한 의지를 폭발함으로써 자기 자신만을 위하여 자기 스스로 지어 낸 제멋대로의 세계 안에서 살고 있는 것 같았으며, 조금도 위험을 두려워하지 않고 엉뚱한 모험에 서슴지 않고 뛰어드는 것이어서 이 조그만 괴물은 공포심을 일으키는 한편 어떤 무의식적 존경심마저도 자아내게 하는 것이었다. 다니엘은 그 소년, 자기보다 세련되지는 못했지만 실로 풍부한 성격을 가졌고 늘 자기를 놀라게 하고 가르쳐 주는 그 소년의 매력을 일찍이 느꼈던 것이었다. 그리고 그 역시 어딘지 격동적인 데가 있고, 자유와 반항을 열망하고 있는 것도 사실이었다. 한편 가톨릭 학교의 준(準) 기숙생이고 종교적 생활 형식이 큰 비중을 차지하고 있는 가정에서 태어난 자크는, 처음에는 그를 둘러싸고 있는 장벽을 또 한 번 뛰어넘어 본다는 쾌감을 얻기 위하여 이 프로테스탄트 소년의 관심을 사려고 했던 것에 지나지 않았다. 그는 이 소년을 통하여 이미 자기의 세계와는 대립적인 세계를 예감하고 있었던 것이다. 그러나 불과 몇 주일 만에 맹렬한 기세로 타오르는 불길처럼 어느덧 그들의 우정은 열렬한 애정으로 변하고, 거기에서 그들은 자기 자신도 미처 깨닫지 못하던, 은근히 그들을 괴롭히고 있던 정신적 고독에 대한 위로를 찾아냈던 것이었다.

깨끗한 사랑, 신비한 사랑, 그 속에서 그들의 청춘은 미래를 향하여 똑같은 열정 밑에 융합하고 있었다. 그들, 열네 살 된 소년의 마음을 휩쓸고 있던 격렬하고도 서로 모순되는 감정 — 누에 장난이나 글자 맞추기 놀이에 대한 열정에서부터 그들 내부의 은근한 비밀들 그리고 그들이 함께 보내는 하루하루마다 그들의 마음속에 샘솟게 하던 삶에 대한 열광적인 호기심에 이르기까지 — 이 두 소년에게는 공통되었던 것이다.

다니엘의 묵묵한 미소는 자크의 흥분을 가라앉혔다. 자크는 다시 빵을 먹기 시작하였다. 그의 얼굴 하관은 티보 가 특유의 모습으로 꽤나 보기 흉했다. 그리고 지나치게 큰 입술, 그것은 비록 미운 입이기는 하였으나 표정이 풍부했고, 의지적이며 육감적이었다. 그는 머리를 흔들었다.

"두고 봐. 난 알고 있어."

그는 단정했다.

"튀니스에선 살아가기가 아주 쉬워. 원하기만 하면 누구든지 일할 수가 있거든. 베텔이라는 걸 먹는데 그놈이 맛이 있다는 거야…… 품삯도 그날그날 치러 주고 마음껏 먹을 수도 있지. 다트(대추야자 열매)라든가 만다린(반석류 열매)이라든가…… 그리고 여행도 할 수 있고……."

"거기 가선 집에 편지를 써야지?"

다니엘이 용기를 내어 말했다.

"글쎄."

자크는 이마를 흔들면서 대답했다.

"우리들의 생활이 안정되고, 우리들이 그들의 도움 없이도 살 수 있다는 것을 보여 준 후에나……."

둘은 입을 다물었다. 먹기를 멈추고 있는 지금 다니엘은 눈앞의 커다란 배들과, 햇빛이 내리쬐는 포석(鋪石) 위에 북적거리는 노동자들과, 복잡하게 얽혀 있는 배의 돛들 너머 저 멀리 눈부신 수평선을 내려다보았다. 그는 그러한 풍경들을 바라보며 어머니를 생각하지 않으려고 애쓰고 있었던 것이다.

요컨대 중요한 것은 그날 저녁으로 라파이에트 호를 타야 하는 것이었다.

카페의 종업원이 기선 회사를 가르쳐 주었다. 선임표가 내걸려 있었다. 다니엘이 창구를 기웃거렸다.

"저, 저희 아버지가 튀니스까지 가는 삼등 표 두 장만 사 오라고 하셔서 왔어요."

"너희 아버지가?"

사무원은 하던 일을 계속하며 말하였다. 그의 이마만이 높이 쌓아 둔 서류 너머로 넘겨다 보였다. 그는 한참을 무엇인가 쓰고 있었다. 두 소년의 마음은 조마조마하였다.

"그러면 말이다."

사무원은 이윽고 얼굴도 들지 않고 말하였다.

"아버지가 직접 오셔야 한다고 가서 말해. 그리고 증명서를 가지고 말이다. 알았니?"

둘은 사무실 안에 있는 사람들이 자기들을 유심히 보고 있다고 느꼈다. 둘은 대답도 하지 못하고 서둘러 그곳을 빠져나왔다. 화가 난 자크는 포켓 속 깊이 두 손을 틀어박고 있었다. 그의 상상력은 어느새 여러 가지 수단을 궁리하고 있었다. 선원으로 써 달라면 어떨까? 아니면 먹을 것을 가지고 궤짝 같은, 못을 박은 상자 안에 숨어 들어가서 자면 어떨까? 그것도 아니면 차라리 작은 배를 한 척 빌려 가지고 매일 낮에는 조금씩 해변을 따라 저어 가고 밤에는 선창에다 돛을 내리고 여관 테라스 밑에서 피리를 불며 구걸을 하면서 지브롤터를 거쳐 모로코까지 간다면…….

다니엘도 생각에 잠겨 있었다. 그의 마음으로부터 벌써 여러 번째 경고를 받고 있었던 것이다. 그러나 이번에는 도저히 꽁무니를 빼 버릴 수가 없었다. 그것을 똑똑히 의식하지 않을 수 없었던 것이다. 그의 마음속에서 불평 담은 목소리가 반대 의견을 표명하고 있었다.

"그냥 마르세유에 잘 숨어 있으면 어떨까?"

그는 말을 꺼냈다.

"이틀도 못 가서 잡히고 말겠지, 뭐."

자크는 어깨를 으쓱하며 대답했다.

"벌써 오늘쯤 이곳저곳 사방으로 우리를 찾고 있을 게 틀림없어."

다니엘은 집에서 걱정하시며 제니에게 자꾸만 캐묻고 있을 어머니가 눈에 선했다. 그러고는 어머니가 아들이 어찌 되었는지 알아보려고 교도주임을 찾아가는 장면이 떠올랐다. 그러자 다니엘은 미칠 것만 같았다. 둘이서 벤치를 하나 발견하여 그 위에 앉았다.

"자크."

다니엘이 말했다.

"지금 우린 잘 생각해 봐야 해."

그는 이어서 말했다.

"아무튼 이삼 일 찾느라고 애를 먹을 테니까, 그만하면 저희들도 벌을 받은 셈이 아닐까?"

자크는 두 주먹을 불끈 쥐었다.

"아니야, 아니야, 절대로 아니야!"

그는 큰 소리로 외쳤다.

"너 벌써 다 잊어버렸니?"

신경질적인 그의 몸뚱이는 긴장된 나머지 벤치에 앉아 있다기보다 마치 딱딱한 나무토막이 벤치 위에 걸쳐져 있는 것 같았다. 그의 눈은 학교, 비노 신부, 중학교, 교도주임, 아버지, 사회, 인간 세계 전체의 불의에 대해 원망의 불길을 내뿜고 있었다.

"그자들은 절대 우릴 믿지 않을 거야."

자크는 외쳤다. 그의 말소리가 거칠어졌다.

"놈들은 우리의 '회색 노트'를 도둑질했어! 그놈들은 이해하질 못해. 이해하지 못하는 인간들이야! 그놈의 신부가 자백시키려고 하던 꼴을 네가 좀 봤더라면! 그 위선적 태도! 네가 프로테스탄트라고 해서 넌 무슨 짓이든지 다 하는 것으로 생각을 하잖아…….”

그의 눈길은 분노를 감추려고 외면을 하였다. 다니엘도 눈을 내리떴다. 어머니가 그들에게 의심받지 않을까 생각하면 가슴이 미어질 듯 아파 왔다. 그는 나직이 말했다.

“놈들이 어머니한테 말할까……?”

그러나 자크는 다니엘의 말을 듣고 있지 않았다.

“아니야, 아니야, 절대로 아니야!”

그는 거듭 소리쳤다.

“너, 약속을 잊어버린 건 아니겠지? 조금도 달라진 건 없어! 그런 압박은 이젠 진절머리가 나! 싫어! 우리들이 어떻다는 것, 또 우리들이 저희들 없이도 살 수 있다는 것을 보여 주는 거야. 놈들이 우리를 얼마나 존경하겠어! 해결의 길은 한 가지뿐이야! 도망가는 것! 그리고 저희들 없이 우리끼리 생활하는 것! 그런 다음에, 좋아…… 우리들이 어디 있노라는 편지를 쓰고 조건을 내세워서 우리들은 생사를 같이하는 사이니까 친구로 지내겠다는 것 그리고 자유를 가지겠다는 것을 선언하는 것!”

그는 입을 다물었다. 그러고는 흥분을 억제하고 침통한 어조로 덧붙였다.

“그렇지 않다면 네게 전에도 말했지만 난 죽어 버릴 테야.”

다니엘은 놀란 시선으로 그를 보았다. 창백하고 갈색 주근깨가 박힌 조그만 얼굴은 단호했고, 거기에는 허풍이라곤 조금도 없었다.

"정말 난 놈들의 손아귀에 다시는 들어가지 않을 작정이야! 그전에 내가 어떻다는 것을 보여 줄 테야! 도망치든지, 그렇지 않으면 이거야……."

그는 일요일 아침, 그의 형의 방에서 가져온 코르시카 단도 한 자루를 조끼 속에서 꺼내 보였다.

"아니면 이걸로……."

그는 종이로 싸서 실로 묶은 조그만 약병을 포켓에서 꺼내며 계속해서 말했다.

"이제 와서 네가 나하고 같이 배 타는 게 싫다면, 뭐 간단하지! 꿀꺽……."

그는 병에 든 약을 삼키는 시늉을 하였다.

"그러면 난 뻗어 버릴 거야."

"그게 뭔데?"

다니엘이 더듬더듬 물었다.

"머큐로크롬."

자크는 눈을 똑바로 뜨고 천천히 말하였다.

다니엘은 애원했다.

"그거 이리 줘, 티보. 제발……."

다니엘은 겁이 나기는 했지만 애정과 찬탄으로 가슴이 뿌듯해져 옴을 느꼈다. 지금 그는 자크의 야릇한 매력에 끌리고 있었다. 그리고 또다시 모험에 대한 호기심이 머리를 쳐들었던 것이다. 그러나 자크는 벌써 병을 포켓 속 깊이 집어넣었다.

"걷자."

그는 어두운 눈빛으로 말했다.

"앉아 있으면 어째 생각이 잘 안 나."

4시에 그들은 부두로 돌아왔다. 라파이에트 호 주위는 몹시 소란스러웠다. 어깨에 상자를 짊어진 노동자들의 행렬이 마치 알을 나르는 개미 떼처럼 배에 걸쳐 놓은 판자 다리를 건너가고 있었다. 자크가 앞장선 두 소년도 행렬에 섞였다. 반들반들하게 닦아 놓은 갑판 위에서는 선원들이 둥그렇게 뚫린 구멍 위로 권양기(捲揚機)를 다루면서 짐짝들을 선창 속으로 떨어뜨리고 있었다. 몸집이 크고, 매부리코에 말발굽 모양의 수염을 기르고, 털이 검고, 살가죽이 불그스레하며 번지르르한 사나이가 소매에 금줄을 두른 윗도리를 입고 작업을 지휘하고 있었다.

막판에 이르자 자크는 용기가 사라져 버렸다.

"저어……."

다니엘이 천천히 모자를 벗으면서 말했다.

"선장님이십니까?"

사나이는 웃었다.

"왜 그러니?"

"동생과 저, 둘이에요. 저희들을 튀니스까지 좀……."

다니엘은 말을 다 끝맺기도 전에 '아차, 잘못했구나. 다 틀렸어.' 라는 생각이 들었다.

"······같이 갈 수 없을까 해서······ 그래서 왔어요."

"이대로? 단둘이서?"

그 사나이는 눈을 깜빡거리면서 말했다. 핏대가 선 그의 눈빛에는 대담하면서도 약간의 광기마저 엿보이고 있어 말보다 더 의미심장 하였다.

다니엘은 준비해 두었던 거짓말을 계속하는 수밖에 없었다.

"저희들은 아버지를 만나러 마르세유로 왔는데 아버진 튀니스의 어딘가에 일자리가 있어서 가 버리셨어요. 그래서······ 저희들도 그곳으로 오라고 편지가 왔어요. 그리고 저희들은 뱃삯을 치를 돈도 있습니다."

그는 독단적으로 덧붙였다. 그러나 무턱대고 생각나는 대로 그렇게 말을 하자마자 그 말도 다른 말들과 다름없이 서투른 것이었음을 깨달았다.

"그래? 그런데 여기선 누구네 집에 있니?"

"누구네 집이라곤······ 뭐 없어요. 정거장에서 곧장 이리로 왔어요."

"마르세유엔 아무도 아는 사람이 없어?"

"어······ 없어요."

"그래 오늘 저녁에 배를 타겠다는 거냐?"

다니엘은 하마터면 '아니오.' 하고 자기도 모르게 대답하고 달아
나 버릴 뻔하였다.

그는 더듬더듬 말했다.

"예, 그래요."

"예끼 이놈들아."

금줄박이는 빈정거렸다.

"너 이놈들 우리 '대장'한테 걸려들지 않아 참 재수가 좋은 줄 알
아라. 우리 '대장'은 이 따위 수작은 질색이니까. 단박에 너희 두 놈
을 꽁꽁 묶어 가지고 경찰서로 끌고 가서 모조리 실토시키고 말았
을 게다. 하기야 요 따위 망할 놈들에겐 그럴 수밖엔 별 도리가 없
지."

그는 버럭 소리를 지르며 다니엘의 소매를 덮쳤다.

"이봐, 샤를, 요 조그만 놈을 꼭 잡아. 난……."

그러자 어느새 그런 눈치를 알아차린 자크는 상자 더미를 부리나
케 뛰어넘어, 허리를 획 돌려 샤를이 내민 팔을 뿌리치고 성큼성큼
판자 다리로 뛰어가서 원숭이처럼 짐꾼들 사이를 헤쳐 부두까지 와
서는 왼쪽으로 계속 달렸다. 그런데 다니엘은? 그는 돌아다보았다.
자크는 다니엘이 개미 떼 같은 짐꾼의 행렬을 밀치며 사다리를 통
통 굴러 내려와 부둣가에 내리자, 오른편으로 냅다 달아나는 것을
보았다. 한편 선장인 줄 알았던 그 사내는 뒷갑판에 비스듬히 기대
어 그들이 도망치는 꼴을 웃으면서 바라보고 있었다. 자크는 다시

달리기 시작했다. 좀 있다가 만날 수 있겠지. 지금은 사람들 틈에 끼어서 항구에서 가능한 한 멀리 달아나는 게 상책이었다.

15분 후에 자크는 숨을 헐떡이면서 인적 없는 어느 변두리에 혼자 멈춰 섰다. 처음에 자크는 다니엘이 아마 잡혔으려니 하는 맘보 고약한 만족을 느꼈다. 그것 참 잘됐다 싶었다. 생각해 보면 다니엘이 일을 그르친 것이 아니었던가? 지금 그는 다니엘이 미웠다. 다니엘을 팽개치고 내친김에 이 길로 시골로 혼자서 도망쳐 버릴까? 하는 생각조차 하였다. 그는 담배를 사서 피워 물었다. 그렇지만 신작로를 지나서 멀리 빙 돌다 보니, 항구 쪽으로 되돌아오고 말았다. 라파이에트 호는 아직 그대로 있었다. 그는 멀리서 3층으로 된 갑판에 빽빽이 들어선 얼굴들을 바라보았다. 배는 출범 준비를 하고 있었던 것이다. 그는 이를 부드득 갈았다. 그리고 발길을 돌렸다.

누구에게라도 화풀이를 해야겠다고 생각한 자크는 다니엘을 찾기 시작했다. 이 골목 저 골목을 헤매다가 번화한 카느비에르 가(마르세유에서 가장 번화한 거리)로 접어들었다가는 다시 되돌아왔다. 소나기가 내리기 직전의 숨 막힐 듯한 더위가 시내를 무겁게 짓누르고 있었다. 자크는 땀에 흠뻑 젖었다. 이렇게 많은 사람들 속에서 어떻게 다니엘을 만날 수 있을까? 가망이 없을 것 같다는 생각이 친구를 찾겠다는 욕망을 더욱 부채질했다. 담배와 열기로 말미암아 바싹 마른 그의 입술은 타는 듯 뜨거웠다. 이제는 사람들 눈에 띄는 것도 겁내지 않고, 멀리서 하늘을 뒤흔드는 우렛소리도 염두에 두지 않고, 그는 이리저리로 달음박질치기 시작했다. 다니엘을 찾다 찾다 못하여 나중에는 눈이 아파 왔다. 갑자기 도시의 모습이 변하였다. 햇빛이 포석이 깔린 길로부터 올라오는 것 같고, 집 정면들은 자주색 하늘에서 오려 낸 것처럼 두드러져 있었다. 소나기가 몰려왔다. 굵은 빗방울이 보도 위에 별꽃을 피우듯 튀기 시작했다. 무척 가까운 곳에서 울리는 커다란 우렛소리에 자크는 몸을 움츠렸다. 그때 그는 원주(圓柱)가 늘어선 건물 앞 층계 밑을 지나가고 있었다. 교회 문이 그의 앞에 열려 있었다. 그는 그 속으로 들어갔다.

그의 발걸음 소리가 둥근 천장 아래서 울렸다. 낯익은 향기가 콧속으로 스며들어 곧 위안과 안도감을 느꼈다. 이제 그는 혼자가 아니었다. 하나님이 그의 곁에서 보호해 주는 것이었다. 그러나 그와 동시에 새로운 공포심이 일어났다. 집을 떠나온 이후로 그는 한 번도 하나님을 생각해 보지 않았던 것이다. 그런데 지금 갑자기 그는 가슴속 깊이 들어 있는 어떠한 비밀이라도 꿰뚫어보는, 보이지 않는 '시선'이 그의 머리 위에 날개를 펼친 채 떠돌고 있는 것만 같았다. 자기는 큰 죄인이고, 자기가 여기에 있음으로 해서 성스러운 자리를 더럽히는 것이요, 또한 하나님이 높은 하늘에서 자기에게 벼락을 내릴 수도 있으리라는 생각이 들었다. 비는 지붕들 위로 세차게 퍼붓고 있었다. 이따금 번쩍이는 번개가 제단 뒤의 색유리를 비추곤 했다. 우레는 연거푸 소리치며 마치 죄인을 찾는 것처럼 둥근 천장 아래로 소년의 주위를 굴러다니고 있었다. 자크는 기도 드리는 의자에

무릎을 꿇고 웅크려 머리를 숙이고 재빨리 '주기도문'과 '성모송'을
여러 번 외웠다.

이윽고 천둥 번개가 멀어지더니 스테인드글라스로부터 한결 고른
햇살이 내려오며 소나기는 그쳤다. 눈앞의 위험은 지나갔다. 그는
어쩐지 속임수를 써서 잡히지 않은 듯한 기분이 들었다. 그는 의자
에 걸터앉았다. 그의 마음속에는 죄를 지은 것 같은 꺼림칙함이 남
아 있었다. 그리고 정의의 심판을 피할 수 있었다는 깜찍한 자부심
은 그것이 아무리 겁에 질린 것이라 할지라도 역시 거기에는 달콤
한 쾌감이 있지 않을 수 없었다. 주위는 어둑어둑해져 갔다. 그는 거
기서 무엇을 기다리고 있는 것일까? 마음이 가라앉고 긴장이 풀어
져 마치 교회가 아니라는 듯 어렴풋한 불만과 권태를 느끼면서, 그
는 제단 위에서 파닥거리는 촛불을 물끄러미 바라보고 있었다. 교회
문지기가 문을 닫으러 왔다. 자크는 다시 기도도 하지 않고, 무릎을
꿇지도 않고, 도둑놈처럼 서둘러 뛰쳐나왔다. 하나님의 용서를 받지
못하고 그 자리를 떠난다는 것을 그는 잘 알고 있었다.

시원한 바람이 젖은 보도를 말리고 있었다. 지나다니는 사람은 그
다지 눈에 띄지 않았다. 다니엘은 어디 있을까? 자크는 그에게 무슨
사고가 난 것은 아닐까 하고 상상해 보았다. 만일 그때 다니엘이 갑
자기 나타나 차도를 건너서 이쪽으로 오는 것을 보았다면, 그는 넘
치는 애정에 기절이라도 하고 말았을 것이다.

아쿨르 수도원의 종이 밤 8시를 쳤다. 창마다 불이 켜졌다. 그는

배가 고파서 빵을 샀다. 절망에 빠져 더 이상 지나가는 사람들을 살펴볼 생각도 하지 않고, 그저 앞으로 앞으로 걸어 나갔다.

피곤한 몸을 이끌고 두 시간 정도 거리를 헤매다가 어느 쓸쓸한 한길에서 나무 그늘에 놓인 벤치를 하나 발견했다. 기진맥진한 자크는 그 위에 걸터앉았다.

잠시 후 억센 손이 그의 어깨를 흔들었다. 잠이 들었던 것일까? 경찰이었다. 그는 이제 죽었구나 싶었다. 다리가 후들후들 떨렸다.

"집으로 돌아가, 어서."

자크는 도망치듯 그 자리를 떠났다. 지금은 다니엘의 생각도 나지 않았다. 다리가 아팠다. 그는 경찰들을 피하여 걷다가 다시 항구로 돌아왔다. 거리의 시계가 12시를 가리키고 있었다. 바람은 멎었다. 색색의 등불이 둘씩 둘씩 물위에 흐느적거리고 있었다. 부두는 무인 지경이었다. 하마터면 그는 두 짐짝 사이에 쓰러져 코를 골고 있는 거지의 다리에 걸려 넘어질 뻔하였다. 그러자 두렵다는 생각보다 당장에 어디라도 누워 자고 싶다는, 견딜 수 없는 욕망을 강하게 느꼈다. 그는 몇 걸음 걸어가서 커다란 비막이 덮개 한 끝을 들치고 젖은 나무 냄새를 풍기는 상자 더미 사이로 기어 들어가 이내 잠이 들었다.

한편 다니엘은 자크를 찾아다니고 있었다.

정거장 부근, 그들이 묵었던 호텔 주위, 기선 회사 근처를 헤맸으나 헛수고였다. 그는 다시 부두로 내려갔다. 라파이에트 호가 머물러 있던 자리는 이제 비어 있었다. 항구는 쥐 죽은 듯이 고요하였다. 소나기 때문에 산책하던 사람들은 모두 집으로 돌아간 것이다.

다니엘은 머리를 푹 숙이고 시내로 돌아왔다. 소나기가 그의 어깨를 후려쳤다. 자크와 자기 자신을 위해서 먹을 것을 사 가지고, 둘이서 아침에 들어갔던 카페에 자리잡고 앉았다. 거리에는 폭우가 쏟아졌다. 집집마다 창문의 발을 거두고 있었다. 카페 종업원들이 머리에 모자를 쓰고 테라스의 널따란 천막을 감아 내리는 것이 보였다. 트롤리 전차가 납빛 하늘에 안테나로부터 불꽃을 튀기면서 경적도 울리지 않은 채 달리고, 빗물이 마치 가래의 보습처럼 궤도 양옆으로 뻗어 나오고 있었다. 다니엘은 발이 흠뻑 젖어 있었고 머리가 무거웠다. 자크는 어떻게 되었을까? 자기가 자크를 잃어버림으로 해서 자크가 혼자 얼마나 불안해하고 초조해할 것인가를 생각하면서 가슴 아파했다. 그는 틀림없이 자크가 그곳, 그 빵집 모퉁이로 나타날 것이라고 생각해 그 길목을 지키고 있었다. 그에게는 머리부터 온통 젖은 자크가 진창 속에 구두를 끌면서, 핏기 가신 얼굴로 어쩔 줄 모르며 눈을 두리번거리는 모습이 눈앞에 선했다. 하마터면 그는 몇 번이나 소리를 지를 뻔하였다. 그러나 그것은 모르는 아이들이었고, 그들은 빵집으로 뛰어 들어갔다가 옷 속에 빵을 넣어 가지고 나오곤 하였다.

두 시간이 지났다. 비는 어느새 그쳐 있었다. 날이 저물어 오고 있었지만 다니엘은 그곳을 떠날 수가 없었다. 뒤따라 자크가 나타날 것만 같았다. 마침내 다니엘은 정거장으로 가는 길로 나섰다. 그들이 묵었던 호텔 문간 위에는 흰 전등이 켜져 있었다. 거리는 어두웠다. 이렇게 컴컴한데, 혹시 서로 알아보지 못한 채 지나치게 되는 것은 아닐까?

"어머니!" 하고 외치는 목소리가 들려왔다. 다니엘은 자기 나이 또래의 소년이 길을 건너와 어떤 부인에게로 달려가자 부인이 입을 맞춰 주는 것을 보았다. 그들은 다니엘의 옆을 지나갔다. 부인은 낙숫물을 맞지 않으려고 우산을 펼쳤다. 아들은 어머니의 팔을 끼고 있었다. 두 사람은 말을 주고받으면서 어둠 속으로 사라졌다. 기관차가 기적을 울렸다. 다니엘은 북받쳐 오르는 설움을 주체할 수 없었다.

아아, 자크를 따라온 것부터 잘못이었다! 그는 그것을 잘 알고 있었다. 애당초부터, 그러니까 그날 아침 뤽상부르 공원에서 만나 이 어처구니없는 모의를 결정한 그때부터 그 생각이 그의 머리를 떠나지 않았던 것이다. 그렇다. 그는 잠시라도 이러한 확신, 즉 도망가지 말고 어머니에게로 달려가서 모든 것을 털어놓았더라면 어머니는 책망은커녕 모든 사람들로부터 자기를 보호해 주었으리라는 확신을 물리칠 수가 없었다. 나는 왜 유혹에 지고 말았을까? 그는 마치 무슨 수수께끼 앞에 서 있는 것처럼 자기 자신 앞에 서 있었다.

그는 일요일 아침 현관에 서 있던 자신을 다시금 눈앞에 상기해 보았다. 그가 돌아오는 소리를 듣고 제니가 달려왔었다. 탁자 위에 중학교의 도장이 찍힌 봉투가 한 장 놓여 있었다. 아마 퇴학 통지서일 것이었다. 그는 그것을 탁자 아래의 카펫 밑에 감추었다.

제니는 아무 말 없이 날카로운 시선으로 그의 행동을 쏘아보고 있었다. 소녀는 무엇인가 좋지 않은 일이 일어난 것을 알아차리고 그의 방까지 따라와서 그가 용돈을 간직해 두는 지갑을 꺼내는 것을 보았다. 소녀는 그에게로 달려들어 두 팔로 꼭 끌어안고, 얼굴을 그의 품에 묻어 숨도 쉬지 못하게 하면서 "왜 그래? 뭘 하려는 거야?" 하고 물었다.

그래서 그는 자기가 집을 나가기로 했다는 것, 교사들이 모두 한 패가 되어 자기를 공박하고 있다는 것, 며칠 동안 몸을 피해 있어야겠다는 것을 고백하였다. 소녀는 외쳤다.

"혼자서?"

"아니, 친구하고."

"누구?"

"티보."

"나도 데리고 가 줘."

그는 제니를 끌어당겨 예전처럼 무릎 위에 올려놓고 나지막한 목소리로 말했다.

"그럼 엄마는 어떻게 해?"

소녀는 울고 있었다. 다니엘은 말하였다.

"걱정하지 않아도 돼. 그리고 다른 사람들의 얘기는 곧이듣지 마. 며칠 있으면 편지할 테니까. 그리고 돌아올게. 하지만 나한테 한 가지 약속해 줘. 내가 돌아왔었다는 것, 네가 날 보았다는 것, 내가 나가더라는 것, 그건 어떤 일이 있어도, 결코 어머니한테도, 또 다른 누구한테도 말해선 안 돼……."

소녀는 아무 말 없이 고개를 끄덕거렸다. 그는 제니에게 입을 맞춰 주려고 하였다. 그러나 소녀는 울음을 터뜨리며 제 방으로 달아나 버렸다. 그 비통한 절망의 부르짖음은 지금도 그의 귀에 생생하였다. 다니엘은 발길을 재촉했다.

그는 길도 보지 않고 그저 앞으로만 걸어가고 있었으므로, 마침내 마르세유에서 훨씬 떨어진 교외에 이르렀다. 길은 질퍽하고 가로등도 드물었다. 양편 가의 어둠 속에는 컴컴한 구멍, 뜰로 통하는 골목, 역한 냄새를 풍기는 낭하들이 트여 있었다. 집 안에서 떠드는 꼬마들의 소리가 밖에까지 들려왔고, 야릇한 술집에서는 축음기 소리가 요란하게 흘러나왔다.

다니엘은 옆으로 꺾어져서 다른 방향으로 한참 동안이나 걸어갔다. 마침내 신호등이 보였다. 정거장 가까이 온 것이다. 피곤해서 쓰러질 것만 같았다.

야광 시계가 1시를 가리키고 있었다. 밤은 아직도 길 것이다. 어떻게 하면 좋단 말인가? 그는 숨 돌릴 자리를 찾았다. 쓸쓸한 막다른 골목 입구에 가스등이 노래를 하고 있었다. 그는 불빛이 비치고 있는 곳을 지나 그늘진 곳에 웅크리고 앉았다. 왼편에 공장 담벽이 우뚝 서 있었다. 그는 그 담에 등을 기대고 눈을 감았다.

깜빡 잠이 들었던 다니엘은 여자의 목소리에 화들짝 놀라 눈을 떴다.

"너 집이 어디니? 설마 여기서 자려는 건 아니겠지?"

여자는 그를 밝은 데로 끌고 갔다. 다니엘은 뭐라고 말해야 할지 몰랐다.

"너 아버지한테 꾸중 들었구나, 그렇지? 그래서 집에 못 들어가는 거지?"

부드러운 목소리였다. 다니엘은 그 거짓말을 받아들였다. 그는 모자를 벗고 공손히 대답했다.

"네, 아주머니."

여자는 웃었다.

"네, 아주머니라고? 이봐, 아무튼 집에는 들어가야지. 나도 그런 경험이 있어. 오늘이나 내일이나 결국은 항복해야 할 걸 가지고 그러고 있으면 뭘 해? 질질 끌면 끌수록 괜히 골치 아프기만 하지."

여자는 다니엘이 덤덤하게 있는 것을 보고 목소리를 낮추어 다정하고도 친밀하게 역성을 들어주는 듯한 어조로 물었다.

"매 맞을까 봐 무섭니?"

다니엘은 아무 대답도 하지 않았다.

"참 이상한 아이로구나!"

여자는 말했다.

"그렇게 고집이 센 걸 보니 여기서 자기라도 하겠는걸! 자, 우리 집으로 들어가자, 아무도 없으니까. 방에다 자리를 펴 줄게. 어린애를 길가에 버려둘 수야 없지!"

여자 도둑 같아 보이지는 않았다. 이제는 혼자가 아니라는 것이 다니엘에게는 한결 위로가 되었다. 그는 '고맙습니다.' 하고 말하고 싶었다. 그러나 묵묵히 여자의 뒤를 따라갔다.

잠시 후 나지막한 문 앞에 이르러 여자는 초인종을 눌렀다. 문이 곧 열리지는 않았다. 복도에는 빨래 냄새가 풍기고 있었다. 다니엘은 층계에 부딪혔다.

"난 늘 오르내려서 괜찮아."

여자가 말했다.

"자, 내 손을 잡아."

여자의 손은 따뜻하였다. 다니엘은 바깥에 있지 않게 된 것이 다행스러웠다. 그들은 층계를 서너 층 올라갔다. 여자는 열쇠를 꺼내어 방문을 열고 램프를 켰다. 다니엘은 어지러운 방안과 흩어진 침대를 보았다. 그는 눈이 부셔 깜박거리면서 기진맥진하여 벌써 거의 잠이 든 채로 서 있었다.

여자는 모자도 벗지 않고 침대 위에서 요를 잡아당겨 옆방으로 끌고 가는 것이었다. 여자는 돌아다보며 웃었다.

"졸음이 와서 금세라도 곯아떨어지겠구나. 자, 그래도 구두는 벗어야지!"

　다니엘은 나른한 손으로 구두를 벗었다. 자크도 같은 처지에 있으려니 하는 희망을 품고 다음날 아침 5시에 꼭 정거장 식당에 가 보리라고 마음먹은 것이 고정관념처럼 또다시 머리에 떠올랐다. 그는 더듬더듬 말했다.

　"아침 일찍이 깨워 주세요……."

　"그래, 그래."

　여자는 웃으면서 대답했다.

　다니엘은 여자가 넥타이를 풀고 옷을 벗는 것을 거들어 주는 것을 느꼈다. 그는 요 위에 털썩 쓰러져 정신없이 곯아떨어졌다.

　다니엘이 눈을 떴을 때는 날이 완전히 밝아 있었다. 그는 파리의 자기 방안에 있는 듯한 착각을 하였다. 그러나 커튼 사이로 스며드는 햇빛을 보고 그는 깜짝 놀랐다. 그러자 모든 것이 생각났다.

　옆방 문이 열려 있었다. 한 젊은 여자가 세면대 위로 몸을 구부린 채 물을 출렁거리며 얼굴을 씻고 있었다. 그녀는 고개를 돌려 다니엘이 팔꿈치를 세우며 몸을 일으키고 있는 것을 보고 웃었다.

　"아, 일어났구나……."

　저 사람이 어젯밤의 그 부인일까? 속내의 바람에 짧은 스커트, 벌거숭이 팔, 벌거숭이 종아리……. 마치 어린 계집애 같은 모습이었다. 어젯밤 다니엘은 그 여자가 모자를 쓰고 있어서 단발을 한 소년 같은 갈색 머리를 브러시로 쓸어 넘긴 것을 보지 못했던 것이다.

다니엘은 갑자기 자크를 생각하자 가슴이 덜컥 내려앉았다.

"큰일났다!"

그는 소리쳤다.

"아침 일찍 정거장에 가려고 했는데……."

그러나 그가 자고 있는 동안에 여인이 그의 몸에 덮어 준 이불이 따뜻하여 아직도 그는 온몸이 노곤하였다. 더구나 방문이 열려 있는 한 그는 자리에서 일어날 용기가 나지 않았다.

그때 여인이 김이 나는 찻잔과 버터를 바른 큼직한 빵 조각을 가지고 들어왔다.

"자, 이걸 먹고 어서 가 봐. 너의 아버지와 말썽이 생기는 건 싫으니까!"

다니엘은 자기가 그렇게 셔츠 바람으로 칼라를 풀어헤치고 있는 것이 어색했다. 또 여인이 목과 어깨를 드러낸 채 자기에게로 가까이 오는 것이 거북스러웠다.

여자는 몸을 굽혔다. 다니엘은 눈을 내리뜬 채 찻잔을 받아서 어색함을 감추기 위해 먹기 시작했다. 여자는 슬리퍼를 질질 끌며 이쪽 방에서 저쪽 방으로 왔다갔다하면서 콧노래를 부르고 있었다.

다니엘은 찻잔에서 눈을 들지 않았다. 그러나 여자가 그의 옆을 지날 때는 보려고 하지 않아도 그의 눈앞에 언뜻언뜻 핏줄이 비치는 날씬한 벌거숭이 종아리며 슬리퍼 밖으로 불그레한 발꿈치가 노르스름한 마루 위를 스치고 지나가는 것이 보였다. 빵이 목구멍에 걸렸다.

다니엘은 예상할 수 없는 일들이 일어날 것만 같은 하루의 시작부터 어쩐지 용기가 없었다. 그는 지금쯤 자기 집 아침 식탁에 자기 자리가 비어 있을 것을 생각하였다.

별안간 방안 가득 햇빛이 퍼졌다. 젊은 여인이 덧문을 열어젖혔던 것이다. 그리고 그녀의 명랑한 목소리가 마치 새들의 노래 소리처럼 튀어나왔다.

아아, 사랑에 뿌리가 있다면
한 포기 뜰 안에 심으련만······

그것은 너무했다. 자기는 절망과 싸우고 있는데, 이 찬란한 햇살이라든가 저 천하 태평한 즐거움이라든가······. 그의 눈에 눈물이 핑 돌았다.

"자, 어서!"

여자가 빈 찻잔을 들어올리며 즐거운 목소리로 외쳤다.

그러나 그녀는 다니엘이 울고 있는 것을 보고 물었다.

"슬픈 모양이지?"

그 목소리는 마치 누님의 목소리처럼 다정스러웠다. 다니엘은 흐느낌을 억제하지 못하였다.

여자는 침대 끝에 걸터앉아 다니엘의 목덜미에 팔을 두르고 어머

니 같은 태도로 위로해 주려고 ─ 모든 여자들의 최후 수단이지만
─그의 머리를 자기 가슴에 갖다 댔다. 다니엘은 더 이상 꼼짝도 할
수 없었다. 그는 그의 얼굴에 속옷을 통하여 오르락내리락하는 여자
의·젖가슴, 따스한 젖가슴을 느끼고 있었다. 그는 숨이 막혀 왔다.

"바보!"

여인은 뒤로 몸을 빼며 벌거숭이 팔로 가슴을 가리면서 말했다.

"이것 때문에 그러는 거야? 그 나이에 참 깜찍도 하지. 몇 살이
지?"

다니엘은 이틀째 해 오던 대로 무심코 거짓말을 하였다.

"열여섯."

"열여섯?"

여인은 다니엘의 손을 잡고 물끄러미 들여다보고 있었다. 그녀가
다니엘의 옷소매를 걷어올리자 팔뚝이 드러났다.

"애도 참, 계집애처럼 살결이 희니까 그럴 수밖에."

그녀는 다니엘의 손목을 들어올려 뺨에다 문지르고 쓰다듬었다.
그러더니 미소를 거두고 커다랗게 숨을 내쉬고 나서 소년의 손을
털썩 놓아 버렸다.

다니엘이 무슨 영문인지도 모르고 있는 사이에 여자는 벌써 스커
트의 단추를 모두 풀었다.

"나, 몸 좀 녹여 줄 테야?"

여인은 이불 속으로 미끄러져 들어오면서 이렇게 속삭였다.

자크는 비를 맞아 뻣뻣해진 비막이 밑에서 제대로 잘 수가 없었다. 새벽이 되기 전에 그는 숨어 있던 곳을 뛰쳐나와 날이 밝아오는 새벽 속을 정처 없이 걸어다니고 있었다.

"틀림없이……."

그는 생각했다.

"다니엘이 잡히지만 않았다면 어제처럼 정거장 식당에 올 생각을 할 거야."

자크는 5시가 되기 전에 그리로 갔던 것이다. 그리고 6시가 넘어서도 그곳을 떠날 마음이 없었다.

무엇을 생각하면 좋을까? 어떻게 하면 좋을까? 그는 감옥이 있는 곳을 물어 찾아갔다. 가슴을 졸이며 간신히 닫혀 있는 문 위로 눈을 들었다.

"형무소."

'혹시 다니엘은 여기에……?'

그는 담장을 한 바퀴 돌고 나서 쇠창살이 달린 창문 위쪽을 보려고 다시 멀찍이 휘돌았다. 그러고는 겁을 집어먹고 달아났다.

아침 내내 그는 거리를 헤매고 다녔다. 햇살이 내리쬐었다. 창마다 널어놓은 울긋불긋한 빨래들이 번잡한 골목길에 마치 만국기를 걸어 놓은 것 같았다. 집집의 문간에서는 아낙네들이 지껄이며 말다툼을 하는 듯한 목청으로 웃고 있었다.

어떤 때는 거리의 풍경, 자유, 돌발 사건, 그런 것들이 마음속에 순간적으로 도취감을 일으키게 하였다. 그러나 다시 다니엘이 생각나곤 하는 것이었다. 그는 포켓 속의 머큐로크롬 병을 덥석 쥐었다. '오늘 밤까지 다니엘을 찾지 못하면 이걸 먹어 버려야지.' 하고 더욱 결심을 굳게 하려고 목소리마저 약간 높여서 맹세까지 했다. 그러나 마음속으로는 자기의 용기를 조금 의심하고 있었다.

11시쯤 되었을 때, 그 전날 기선 회사 사무실을 물었던 그 카페 앞을 백 번도 더 지나다가 — 아아, 있었다!

자크는 탁자와 의자들을 마구 헤치며 달려갔다. 다니엘은 좀더 침착하게 일어섰다.

"쉬!"

사람들이 보고 있지 않은가. 둘은 악수를 하였다. 다니엘은 계산을 하였다. 그들은 나와서 맨 처음 보이는 골목으로 꺾어들었다. 그러자 자크는 다니엘의 팔을 붙잡으며 껴안았다. 그러고는 갑자기 친구의 어깨에 이마를 대고 흑흑 흐느껴 울기 시작했다.

다니엘은 울고 있지 않았다. 그는 얼굴이 파랗게 질려 무뚝뚝한 시선을 앞으로 향한 채 자크의 조그만 손을 옆구리에 낀 채 걸어가고 있었다. 그리고 이빨 위로 비스듬히 올라간 입술은 떨리고 있었다.

자크가 말했다.

"난 도둑놈처럼 선창 비막이 밑에서 잤어! 그래 너는?"

다니엘은 어찌할 바를 몰랐다. 그는 그의 벗과 그들의 우정을 너무나 존중하고 있었다. 그러나 처음으로 그는 무엇을, 그에게 아주 중대한 그 무엇을 자크에게 숨기지 않을 수 없었다. 그들 사이에 이렇게 커다란 비밀이 가로놓여 있다는 것은 가슴 답답한 일이었다. 그는 하마터면 모조리 다 말해 버릴 뻔했다. 아니다, 그렇게 할 수는 없었다. 자기에게 일어난 그 모든 일의, 뿌리치려야 뿌리칠 수 없는 기억에 사로잡혀 그는 얼빠진 사람처럼 아무 말도 하지 않았다.

"너는, 넌 어디서 밤을 지냈니?"

자크가 되물었다.

다니엘은 막연한 몸짓을 하였다.

"저기, 벤치 위에서…… 그리고 많이 걸어 다녔어."

점심을 먹고 나서 둘은 눈앞의 문제를 상의했다. 더 이상 마르세유에 머물러 있는 것은 위험한 일이었다. 그들의 거동은 얼마 안 가서 사람들의 의심을 사게 될 것이다.

"그러니까……."

집으로 돌아갈 생각을 하고 있던 다니엘이 말했다.

그러나 자크가 얼른 말을 가로챘다.

"난 곰곰이 생각해 봤는데 툴롱까지 가는 수밖에 없겠어. 저 길을 왼편으로 돌아서 해변을 따라 30킬로미터 정도 가면 될 거야. 산보하는 아이들인 척하고 걸어서 가지 뭐. 거기 가면 배는 얼마든지 있을 테니까 꼭 탈 수 있을 거야."

그가 말하고 있는 동안 다니엘은 다시 찾은 이 정다운 친구의 얼굴에서 눈을 뗄 수가 없었다. 주근깨가 박힌 살갗, 투명한 귀와 푸른 눈. 그 눈에는 그가 말하고 있는 툴롱과 배 그리고 먼바다의 수평선 등의 환영이 지나가고 있었다.

자크의 아름다운 고집을 자기도 함께 나누어 가지고 싶은 욕망이 아무리 컸을지라도, 다니엘의 양식(良識)은 그를 회의적으로 만들고 있었다. 그는 그들이 배를 타지 못하게 되리란 것을 잘 알고 있었다. 그러나 꼭 그렇다고 확신할 수도 없는 일이었다. 때로는 자기의 생각이 기우였으며, 환상이 상식을 뛰어넘어 이겨 주었으면 하고 바라기까지 했다.

그들은 먹을 것을 사 가지고 길을 떠났다. 두 소녀가 미소를 띠며 그들을 물끄러미 바라보고 있었다. 다니엘은 낯을 붉혔다. 그녀들의 스커트는 이미 그에게는 그들의 육체의 신비를 감추는 것이 못 되었다.

자크는 휘파람을 불고 있었다. 그는 아무것도 눈치채지 못한 것이다. 그리하여 다니엘은 그 피를 뒤흔드는 경험으로 말미암아 이제부터 자크와는 완전한 의미로서의 친구가 되지 못하리라는 것을 느꼈다. 자크는 어린애에 불과했던 것이다.

교외의 동네를 지나서 그들은 마침내 목적하던 길로 들어섰다. 길은 분홍빛 파스텔의 선(線)인 양, 굽이굽이 해안선을 따라 돌고 있었다. 가벼운 바람이 그들의 앞으로 시원스럽게 불어와서는 소금 냄새를 남기고 지나갔다.

그들은 내리쬐는 뙤약볕을 어깨 위로 받으면서 황금빛 먼지 속을 걸었다. 바다가 가까이에 있다는 것이 그들의 마음을 설레게 했다. 그들은 길에서 벗어나 "탈라사! 탈라사!('바다다! 바다다!'라는 의미의 그리스어)" 하고, 벌써 두 손을 높이 쳐들고 바다로 달려갔다.

그러나 바다는 쉽사리 잡히지 않았다. 그들이 달려간 그곳의 해변은 그들이 갈망하고 상상했던 것처럼 부드러운 모래사장이 완만한 경사를 이루며 바다와 만나고 있지는 않았다. 그곳은 어디를 둘러보나 같은 높이의 깊은 물굽이 위에 가파른 비탈을 이루고 있어, 바다가 깎아 세운 듯한 바위들 사이로 휩쓸려 들어오고 있었다. 그들의 발밑에는 울퉁불퉁한 바위가 마치 시크로프(『그리스 신화』에 나오는 애꾸눈의 거인)들이 쌓은 제방인 양 불쑥불쑥 뻗어나가고 있었다. 파도는 화강암 끝에 부딪혀 갈라지며 부서져서 거품을 내뿜으며 힘없이 번들거리는 바위 허리를 음험하게 감돌고 있었다.

두 소년은 손을 맞잡고 가지런히 허리를 굽혀 하늘을 비추며 넘실거리고 있는 물결을 정신없이 바라다보았다. 그들의 말없는 감격에는 얼마만큼의 공포심도 섞여 있었다.

"저것 봐."

다니엘이 말했다.

수백 미터쯤이나 될까. 한 척의 흰 배가 놀랄 만큼 반짝거리며 쪽빛 바다 위를 미끄러져 가고 있었다. 수면 위로 드러난 선체의 부분은 싹트는 나뭇잎의 싱싱한 푸른 빛깔 같은 초록빛이었다. 노를 당길 때마다 배는 빠른 진동을 계속하여 앞으로 나가고 있었다. 그리고 뱃머리가 물위로 떠올라 그것이 뛰어오를 때마다 물에 젖은 푸른 선체의 광채가 마치 불꽃처럼 번쩍이는 것이었다.

"아아, 이걸 다 글로 표현할 수 있다면!"

자크가 포켓 속의 수첩을 만져 보면서 가느다란 목소리로 말했다.

"하지만 두고 봐!"

그는 어깨를 흔들면서 외쳤다.

"아프리카는 이보다 더 아름다워! 가자!"

그러고는 바위들을 뛰어넘어 길을 향하여 달음박질쳤다. 다니엘도 그의 옆으로 뛰어갔다. 그는 지금 이 순간 마음의 무거운 짐을 벗고, 모든 후회도 떨쳐 버리고 미칠 듯이 모험만을 해 보고 싶었던 것이다.

그들은 언덕 위, 마을로 접어드는 직각으로 구부러진 곳에 이르렀다. 그들이 막 그 구부러진 곳에 다다랐을 때 요란한 소리가 그들의 발길을 선뜻 멈추게 하였다. 말, 수레바퀴, 술통, 그러한 것들이 뒤섞여 길 양옆으로 왔다갔다 비틀거리면서 어마어마한 속도로 그들을 향해 내려오고 있었다. 그들이 피하려고 물러설 겨를도 없이 그 거대한 덩어리는 그들에게서 50미터쯤 떨어진 곳에 있는 철책에 부딪혀 산산조각이 나 버렸다. 그 언덕은 경사가 심했다. 짐을 잔뜩 싣고 내려오던 커다란 마차는 미처 멈출 수가 없었던 것이다. 마차를 끌고 가던 네 마리의 말이 수레의 짐 무게에 떠밀리는 바람에, 말이 앞발을 들고 일어나 서로 뒤범벅이 되어 길이 꺾어진 곳에 부딪히면서 산더미같이 쌓인 술통을 뒤집어쓰게 되어 술이 콸콸 쏟아지고 있었다. 사람들은 모두 놀라 법석대며 그 피투성이가 된 말들의 콧마루, 궁둥이, 발굽들이 엉키고 뭉쳐 꿈틀거리고 있는 뒤에서 소리를 지르며 뛰고 있었다. 갑자기 말들의 울음소리, 딸랑거리는 방울 소리, 철문을 냅다 차는 무거운 말발굽 소리, 철컥거리는 쇠사슬 소리, 말꾼들의 아우성 소리에 섞여 다른 모든 소리를 압도하는 거세게 씨근거리는 소리가 들렸다. 그것은 앞장을 섰던 회색 말이 다른 놈들에게 짓밟혀 제 몸뚱이 밑에 다리를 깔고 넘어진 채, 마구(馬具)에 목이 졸려 헐떡이고 있는 소리였다.

한 사나이가 도끼를 휘두르며 그 아수라장 속으로 뛰어 들어갔다. 사나이는 비틀거리며 넘어지더니 다시 일어섰다. 그는 회색 말의 귀를 잡아 쥐고 도끼를 둘러치며 굴레를 찍으려고 있는 힘을 다하였다. 그러나 그 굴레는 쇠로 되어 있었기 때문에 도끼는 쇠에 부딪혀 날만 빠지고 말았다. 사나이는 미치광이 같은 얼굴로 몸을 일으키더니 도끼를 담벽에 내던졌다. 그러는 동안에 말의 헐떡임은 점점 가빠져 째지는 듯한 휘파람으로 변하고, 콧구멍으로는 피가 펑펑 쏟아졌다.

그때 자크에게는 모든 것이 휘청거리는 것 같았다. 다니엘의 소매를 붙잡고 버티려 하였지만 손가락은 굳어지고 다리에 힘이 빠져

비틀거리며 쓰러지고 말았다.

사람들이 그를 둘러쌌다. 그들은 자크를 작은 정원 안으로 데리고 가서 꽃밭 가운데 있는 펌프 옆에 앉히고는 찬물로 이마를 적셔 주었다. 다니엘도 자크 못지않게 얼굴이 파랗게 질렸다.

그들이 다시 길에 나섰을 때 동네 사람들은 모두 술통을 치우고 있었다. 네 필 중의 세 필은 상처를 입고, 그중의 둘은 앞발이 부러져 무릎을 꿇은 채 웅크리고 있었다. 넷째 놈은 죽었다. 그 말은 술이 흐르고 있는 도랑에 자빠져서 잿빛 머리를 땅바닥에 처박고 혀를 내민 채 청록색 눈을 반쯤 감고 있었다. 마치 죽으면서도 백정이 운반하기에 될 수 있는 대로 편하도록 몸을 가눈 듯이 두 다리를 구부리고 있었다. 모래를 뒤집어쓰고 피투성이가 된 그 복슬복슬한 몸뚱이가 가만히 움직이지 않고 길 한가운데 내버려진 모습은 다른 세 놈이 부들부들 떨며 헐떡거리고 있는 것과는 대조적이었다.

두 소년은 마부 하나가 죽은 말 가까이 가는 것을 보았다. 머리칼이 땀으로 달라붙고 햇빛에 그을은 얼굴에 나타난 분노의 표정이 일종의 엄숙감으로 굳어진 것으로 보아 이 마부가 얼마나 그 참극을 가슴속 깊이 애통하게 여기고 있는가를 알 수 있었다.

자크는 사나이에게서 눈을 뗄 수가 없었다. 사나이는 손에 쥐고 있던 담배꽁초를 비스듬히 입에 물더니 말에게로 다가가, 벌써 시꺼멓게 파리가 들러붙어 부풀어오른 혀를 쳐들고 둘째손가락을 입 안으로 디밀어 누르스름한 이빨을 들추어내었다. 한동안 그는 허리를 꺾어 굽히고 자줏빛이 된 말의 잇몸을 어루만졌다. 마침내 그는 몸을 일으켜 누군가 자신의 마음을 알아 줄 시선을 찾다가 두 소년의 시선과 마주쳤다. 그리고 피거품이 묻어 파리가 달라붙고 있는 손가락을 씻으려고도 하지 않고 입술에 물었던 담배꽁초를 다시 손에 옮겨 쥐었다.

"일곱 살도 못 되었단다."

그는 어깨를 흔들면서 말했다. 자크에게 말하고 있었던 것이다.

"넷 중에서 제일가는 놈이었지. 일도 제일 잘하고. 되살아나게 해 주기만 한다면 내 손가락 두 개쯤은 잘라 주기라도 하겠어."

그리고 그는 머리를 돌려 쓴웃음을 짓고 침을 뱉었다.

두 소년은 풀이 죽고 알지 못할 그 무엇에 짓눌리는 기분으로 다시금 길을 떠났다.

"죽은 사람, 정말 죽은 사람, 너 본 일이 있니?"

자크가 물었다.

"없어."

"아아, 참 이상하더라…… 난 전부터 생각하고 있던 일이었는데, 어느 일요일 날 교리문답 시간에 가 봤지!"

"어딜 가 봐?"

"모르그(신분 불명의 시체 공시소)에."

"혼자서?"

"그럼. 죽은 사람은 하얗더군. 넌 상상도 하지 못할 거야. 무슨 밀

랍이나 찰흙으로 된 것 같았어. 둘이 있었는데 한 명은 꼭 살아 있는 것 같잖아. 눈도 뜬 채로 있는 거야. 정말 산 사람 같았어.”

그는 되풀이하였다.

“그렇지만 죽은 것이 틀림없었어. 의심할 여지가 없는 거야. 처음 봤을 때부터 왜 그런지 몰라도 그렇게 보여…… 말(馬)도 그렇지 않던? 너 아까 봤지…… 아아, 우리들이 자유로운 몸이 되면 어느 일요일 날 꼭 한번 모르그에 널 데리고 가야지…….”

그는 이야기를 끝맺었다.

다니엘은 듣고 있지 않았다. 그들은 바로 그때 어떤 별장 발코니 밑을 지나가고 있었다. 마침 별장 안에서 어린아이의 피아노 치는 소리가 들려오고 있었다.

‘제니…….’

다니엘은 “어떻게 하려고 그래?” 하고 외치면서 커다랗게 뜬 회색 눈에 눈물이 솟아오르고 있던 제니가 눈앞에 선하게 그려졌다.

“네게 누이가 없어서 섭섭하지 않니?”

잠시 후에 다니엘이 말했다.

“그야 섭섭하고말고! 특히 난 누나가 있었으면 좋겠어. 누이동생 비슷한 건 한 명 있으니까.”

다니엘은 놀라서 그를 쳐다보았다.

자크는 설명했다.

“우리 유모가 조카딸을 하나 집에 데려와 기르고 있어. 부모가 없

142

는 아이야. 열 살이지. 지즈라고…… 이름은 지젤인데, 모두들 지즈라고 불러. 내겐 누이동생이나 다름없어."

갑자기 그의 눈에 눈물이 핑 돌았다. 그는 느닷없이 이런 이야기를 꺼냈다.

"넌 나와는 다르게 자라났어. 우선 넌 기숙사에 들어 있지 않고, 벌써 앙투안과 같은 생활을 하고 있어. 그리고 뭐든지 자유롭지. 하긴 넌 분별이 있으니까."

그는 우울한 어조로 말했다.

"그럼 넌 그렇지 못하다고 생각하니?"

다니엘이 정색을 하며 물었다.

"나야 뭐."

자크는 눈살을 찌푸리며 계속 말했다.

"내가 어찌할 수 없는 놈이란 걸 나도 알고 있어. 그러나 별 수가 있어야지. 그래서 난 이따금 화가 나면 이성을 잃게 돼. 무엇이든지 부수고 때리고 발악을 하고, 창문으로 뛰어내리던가 사람을 막 죽이기라도 할 것 같아…… 이런 말을 하는 것도 네게는 뭐든지 다 털어놓고 싶어서야."

그는 이렇게 덧붙여 말했다. 그리고 자신의 결점을 이야기하면서 어떤 쓸쓸한 쾌감을 느끼고 있는 듯하였다.

"난 그게 내 잘못인지 어떤지 모르겠어. 너와 함께 산다면 그렇지 않을 것 같다는 생각이거든. 그렇지만 그것도 또 모르지…… 집에선 내가 저녁때 돌아가면 다들 나를 어떻게 대해 주는지 알아?"

그는 잠시 침묵을 지켰다가 먼 곳을 바라보며 계속하였다.

"아버진 한 번도 나를 진심으로 대해 준 적이 없어. 학교에선 신부들이 아버지에게 아부를 하느라고 나를 무슨 괴물 취급을 하지. 대사교구(大司敎區)의 세력가인 티보 씨의 아들을 교육하느라 무척 애를 쓰고 있다는 걸 보이려는 거야. 알겠어? 아버진 좋은 사람이야."

그는 갑자기 흥분하면서 단정지어 말했다.

"정말 꽤 좋은 사람이지. 그렇지만 뭐랄까…… 늘 사업이니, 위원회니, 연설이니, 이런 것만 하고 있어. 언제나 종교거든. 유모도 그래. 뭐든지 내게 나쁜 일만 생기면 그건 하나님한테 벌을 받았기 때문이라는 거야. 알겠어? 저녁을 먹고 나면 아버진 서재로 들어가 버리고, 유모가 지즈의 방에서 지즈를 재우면서 내 학과를 암송시켜. 제대로 하지는 않지만 말이야. 유모는 내가 혼자서 내 방에 있는 걸 싫어해. 사람들은 내가 전기에 손을 대지 못하게 하려고 내 방의 스위치를 떼 버렸어."

"형님은?"

다니엘이 물었다.

"응, 그래, 앙투안은 참 좋아. 하지만 집에 있질 않아. 그리고 너한테만 하는 말이지만 내 생각엔 형도 그다지 집에 정이 없나봐…… 어머니가 돌아가셨을 때 형은 벌써 다 자랐어. 나보다 아홉

144

살이나 위니까. 그래서 유모는 형에겐 별로 간섭을 하지 못해. 그런데 난 유모가 길러 줬거든."

다니엘은 잠자코 있었다.

"넌 그렇지 않아."

자크는 계속해서 말했다.

"넌 다들 알아주니까. 너는 나하곤 다르게 자라났어. 책 문제만 해도 그래. 너는 무슨 책이든지 네가 원하는 대로 읽을 수 있잖아. 너희 집에선 서재를 열어 두니까. 그런데 우리 집에서 내게 읽으라고 주는 책이라곤 새빨갛고 금테를 두른 그림책 아니면 쥘베른(19세기의 프랑스 아동과학 소설가)의 아동과학 소설 같은 싱거운 것뿐이야. 집에서는 내가 시(詩)를 쓴다는 것도 몰라. 알게 된다면 야단이 날 거야. 이해하질 못해. 아마 좀더 감시를 엄중히 하도록 학교에다 슬그머니 연락을 하겠지……."

어지간히 긴 침묵이 흘렀다. 길은 바다를 떠나서 떡갈나무 숲으로 이어지고 있었다. 갑자기 다니엘이 자크에게로 다가가서 그의 팔을 잡았다.

"있잖아."

그는 말하였다. 변성기에 있던 그의 목소리가 나직하고 장엄하게 울렸다.

"난 장래의 일을 생각해. 어찌 될는지 또 아니? 우리들이 서로 떨어져 살게 될지도 모르거든. 그래서 그전부터 난 어떤 보증이랄까,

우리들의 우정의 영원한 표적으로 한 가지 너에게 부탁하고 싶은
일이 있었어. 네 첫 시집(詩集)을 내게 바치겠다는 것을 약속해 줘.
오오, 이름은 쓰지 말고, 그저 '나의 벗에게.'라고만 써서. 그렇게 해
주겠니?"

"그래, 맹세한다."

자크는 몸을 세우면서 말했다. 그러고는 자기의 존재가 커지는 것
을 느꼈다.

숲에 이르러 그들은 나무 밑에서 쉬었다. 마르세유의 시가 위에는
불덩어리 같은 석양이 뉘엿뉘엿 지고 있었다.

자크는 발꿈치가 부은 것을 알고는 구두를 벗어 버리고 풀밭 위
에 누웠다. 다니엘은 그저 아무 생각도 없이 그를 바라보고만 있었
다. 그러다가 갑자기 그는 발뒤꿈치가 새빨개진 그 조그만 맨발에서
눈을 돌렸다.

"등대 좀 봐."

자크가 손을 내밀면서 말했다. 다니엘은 소스라쳤다. 멀리 바닷가
에 켜졌다 꺼졌다 하는 섬광이 유황빛 하늘을 뚫어지게 비추고 있
었다.

그들이 다시 걷기 시작하였을 때는 싸늘한 바람이 불고 있었다.
그들은 길가 덤불 속에서라도 잘 생각이었다. 그러나 밤이 되면 꽤
추워질 것 같았다.

그들은 약 반시간 동안이나 아무 말 없이 걸어갔다. 그리하여 드

디어 바다를 향해 계단이 나 있는 정자가 있고, 하얗게 페인트 칠을 한 여인숙 앞에 이르렀다. 방에는 불이 켜져 있었으나 비어 있는 것 같았다.

둘은 의논하였다. 한 여인이 그들이 문 밖에서 망설이고 있는 것을 보고 문을 열었다. 여인은 그들에게로 유리등을 쳐들어 올렸다. 석유가 황옥(黃玉)처럼 빛나고 있었다. 키가 작고 늙은 여인이었다. 금귀고리가 그녀의 귀에서 거북이 등 껍질 같은 목 위로 늘어져 있었다.

"아주머니."

다니엘이 말하였다.

"침대가 둘 있는 방 하나 있습니까?"

그러고는 늙은 여인이 묻기도 전에 덧붙여 말했다.

"우리들은 형제예요. 툴롱에 있는 아버지한테 가는 길인데, 마르세유에서 늦게 출발하는 바람에 오늘 밤으로는 툴롱까지 갈 수가 없을 것 같아요……."

"에그, 어림도 없지."

여인은 젊어 보이는 즐거운 눈초리로 지껄이면서 손사래를 쳤다.

"걸어서 툴롱까지 간다고? 무슨 꿈같은 얘긴지 원…… 아무려나 내 알 바 아니지! 방은 있소. 2프랑이오. 선금을 내야 하오."

그 말을 듣고 다니엘이 지갑을 꺼내려고 하자 늙은 여인이 물었다.

"수프가 따끈따끈한데, 두 그릇 가져오리까?"

둘은 그러라고 했다.

방은 지붕 밑의 다락방이었다. 침대는 하나밖에 없었고, 시트도 새것이 아니었다. 두 소년은 약속이나 한 듯 아무 말 없이 재빠르게 구두를 벗은 다음 옷을 입은 채로 등을 마주 대고 이불 안으로 기어들었다.

오랫동안 그들은 잠을 이루지 못하였다. 달빛이 천장 창문을 환히 비추고 있었다. 옆의 헛간에서는 쥐들이 부스럭거리며 뛰어다니고 있었다.

자크는 희끄무레한 벽 위로 험상스러운 거미가 기어가는 것을 보고 기겁을 했다. 그러고는 밤이 새도록 자지 않겠다고 결심을 하였다.

다니엘은 머릿속으로 육체의 죄를 다시 그려보았다. 그 기억들은 그의 상상 속에서 더욱 풍부하게 그려지고 있었다. 그는 온몸이 땀에 흠뻑 젖어서 호기심과 혐오와 쾌감에 숨을 헐떡이면서 꼼짝 못하고 있었다.

이튿날 아침 자크는 아직도 자고 있었고, 다니엘은 그 같은 환상에서 빠져나오기 위하여 막 일어나려고 하는데, 여인숙 안에서 떠들썩한 소리가 들렸다. 밤새도록 그는 그 사건의 회상에 시달렸던 까닭에, 맨 처음 그가 생각한 것은 방탕한 죄로 자기를 재판정으로 끌고 가려는 것이 아닐까 하는 것이었다.

아니나 다를까 자물쇠가 떨어져 나간 방문이 열렸다. 주인 여자가 헌병을 데리고 온 것이었다. 들어서면서 헌병은 문지방에 이마를 부딪혀 군모가 벗겨져 떨어졌다.

"해가 저물어 갈 무렵에 먼지투성이들이 되어 가지고 왔어요."

여자는 여전히 웃음을 띠고 귀고리를 흔들면서 설명했다.

"글쎄, 저 구두 꼴을 좀 봐요. 옛날얘기 같은 소리를 하면서, 걸어서 툴롱까지 간다나요! 그리고 저기 큰 녀석이……."

노파는 팔찌가 쩔렁거리는 팔로 다니엘을 가리키면서 말했다.

"숙박료와 저녁밥값 4프랑 50상팀을 치르려고 1백 프랑짜리 지폐를 내놓더라고요!"

헌병은 흥미 없다는 듯이 군모 위에 있는 먼지를 털어 내고 있었다.

"자, 일어나!"

그는 딱딱거렸다.

"그리고 이름을 대라. 너희들 이름하고 너희 패들 이름을 모두 대."

다니엘은 망설이고 있었다. 그러자 자크가 침대에서 뛰어내렸다. 짧은 바지에 양말을 신고 싸움닭처럼 우뚝 서 있는 것이 그 키다리를 때려눕히기라도 할 것 같았다. 그리고 헌병의 얼굴에다 대고 소리쳤다.

"전 모리스 르그랑. 이쪽은 조르주, 제 형이에요. 아버지가 툴롱에 계세요. 아버지한테 가는 길인데 왜 그러세요?"

몇 시간 후 그들은 속보(速步)로 달리는 마차 속에 두 헌병과 수갑을 찬 불한당 사이에 끼여 앉아 마르세유로 들어왔다. 유치장의 높은 문이 열렸다가 다시 무겁게 닫혔다.

"들어가."

한 헌병이 감방 문을 열면서 말했다.

"포켓을 뒤집어 다 내봐. 저녁때까지만 같이 있게 해 주는 거야. 그동안 너희 놈들에 대한 뒷조사를 할 테니까."

그러나 저녁때가 되기 훨씬 전에 헌병 대장이 들어와서 그들을 중위실로 데리고 갔다.

"숨겨도 소용없어. 너희들이 누구인지 다 탄로가 났으니까. 일요일부터 수색했어. 너희들 파리에서 왔지? 너, 큰 놈, 네 이름은 퐁타냉. 그리고 넌 티보. 점잖은 집 아이들이 불량소년들처럼 거리를 헤매고 다니다니!"

다니엘은 매우 화가 난 것 같은 태도를 보이고 있었다. 그러나 실은 깊은 안도감을 느끼고 있었다. 이제는 끝났다. 벌써 어머니는 자기가 살아 있다는 것을 알고 기다리고 계실 것이다. 어머니께 사과하자. 어머니의 용서는 모든 것을, 그가 지금 치를 떨며 생각하고 있는 그 일, 누구에게도 고백할 수 없는 그 일까지도 씻어 주실 것이다.

자크는 이를 악물고 머큐로크롬 병과 단도를 생각하며 빈 호주머니 속에서 결사적으로 두 주먹을 움켜쥐었다. 그의 머릿속에는 복수와 탈주의 수많은 계획이 세워지고 있었다. 그때 중위가 덧붙였다.

"너희 부모님들은 여간 걱정이 아니시란다."

자크는 그에게로 무서운 시선을 던졌다. 그러고는 얼굴을 삐죽거리더니 왈칵 울음을 터뜨렸다. 그는 눈앞에 아버지, 유모 그리고 어린 지즈를 그려보았던 것이다. 그의 마음은 지금 애정과 후회로 넘쳐흐르고 있었다.

"가서들 자거라."

중위가 다시 말하였다.

"내일 무슨 조치를 취할 테니까, 명령이 오기를 기다리고 있어."

8

이틀째 제니는 얕은 잠이 들락 말락 하고 있었다. 몹시 쇠약해지긴 하였으나 다행히 열은 없었다. 퐁타냉 부인은 창에 기대어 서서 한길의 기척을 엿보고 있었다. 앙투안이 두 도망꾼을 찾으러 마르세유로 갔기 때문이다. 방금 시계가 9시를 쳤다. 지금쯤은 돌아왔어야 할 텐데.

그녀는 소스라치며 몸을 일으켜 세웠다. 집 앞에 마차 멎는 소리가 난 것이었다.

벌써 그녀는 층계참으로 나가서 두 손으로 난간을 붙잡고 있었다. 강아지가 뛰어나와 어린것이 돌아오는 것을 반가이 맞고 있었다. 퐁타냉 부인은 허리를 굽혔다. 그러자 언뜻 키가 짤막한 아들이 내려다보였다. 그의 모자, 챙이 얼굴을 가리고 있는 모자와 의복 속에서 움직이는 그의 어깨의 동작이 보였다. 다니엘이 앞서서 올라오고, 그 뒤로 동생의 손을 잡은 앙투안이 따라 올라오고 있었다.

다니엘은 눈을 들어 어머니를 보았다. 바로 부인 위, 층계참의 램프가 그녀의 머리를 희게 만들고 얼굴을 어둠 속에 잠기게 하였다. 그러나 다니엘은 어머니 얼굴의 온갖 생김새를 모두 찾아볼 수 있었다. 어머니가 그에게로 내려오는 것을 직감하면서 그는 머리를 숙이고 올라갔다. 그러나 그는 발을 옮겨 디딜 수가 없었다. 그리하여 머리를 들지 못하고 숨도 제대로 쉬지 못하면서 모자를 벗었을 때는 어머니에게 몸을 맞대고 가슴에 이마를 묻고 있는 자기 자신을 깨달았다. 그러나 그의 마음은 괴로워서 별로 기쁜 줄도 몰랐다. 이 순간을 너무나 고대하였던 나머지, 막상 닥치고 보니 아무런 감동도 없는 것이었다. 그리고 마침내 그가 어머니의 가슴에서 머리를 쳐들었을 때 무안해하는 그의 얼굴에는 눈물 한 방울 보이지 않았다. 계단 벽에 기대어 흑흑 울음을 터뜨린 것은 자크였다.

퐁타냉 부인은 두 손으로 아들의 얼굴을 쥐고는 자기의 입술로 끌어당겼다. 한 마디의 꾸지람도 없이 긴 키스를 해 주었다. 그리고 앙투안에게 "이 애들 저녁이나 먹였는가요?" 하고 물었을 때, 참담했던 한 주일 동안의 불안은 그녀의 목소리를 떨리게 하였다.

다니엘이 중얼거리듯 물었다.

"제니는?"

"이젠 괜찮아. 자리에 누워 있다. 가 보아라. 너를 기다리고 있으니까……."

그녀는 다니엘이 품속에서 빠져나가 집 안으로 뛰어 들어가려고
하자 한마디 덧붙였다.

"가만가만히, 조심해라, 응? 몹시 앓았으니까……."

곧 눈물을 거둔 자크는 호기심 어린 시선으로 주위를 살피기 시
작했다. 이것이 다니엘의 집이다. 이것이 매일 학교에서 돌아올 때
다니엘이 올라가는 계단, 다니엘이 건너가는 현관이다. 그리고 이
부인은 그가 이상하게도 정다운 목소리로 '어머니.'라고 부르는 그
여인이다.

"자크는 나한테 키스해 주지 않겠니?"

부인이 말했다.

"대답하렴."

앙투안이 빙긋이 웃으면서 말했다.

그는 동생을 앞으로 떠밀었다. 부인은 팔을 절반쯤 벌렸다. 자크
는 그 속으로 다가들어 방금 다니엘이 오랫동안 이마를 대고 있던
그 자리에 이마를 갖다 댔다. 퐁타냉 부인은 생각에 잠겨 손가락으
로 조그만 갈색 머리를 쓰다듬어 주었다. 그리고 미소를 띤 얼굴로
앙투안을 돌아보았다. 그러고 나서 앙투안이 문간에 선 채로 빨리
돌아가고 싶어하는 기색임을 알아차리고 부인은 매달리는 소년을
의식하면서도 감사에 넘친 몸짓으로 앙투안에게 두 손을 내밀었다.

"자, 어서 가 보세요. 아버님께서도 기다리실 테니까."

제니의 방문은 열려 있었다.

다니엘은 한쪽 무릎을 꿇고 머리를 이불 위에 얹어 제 손안에 모아 쥐고 있던 누이동생의 두 손에 입술을 갖다 대었다.

제니는 울었다. 두 팔을 내민 소녀의 상반신이 베개 밖으로 비스듬히 밀려나와 있었다. 너무 여위어서 표정이라고는 눈밖에 남지 않은 얼굴에는 힘들어하는 빛이 역력해 보였다.

아직 병색이 짙으면서도 여전히 약간 거칠고 의지적인 시선, 이미 성숙한 여자의 시선, 수수께끼 같고 어린아이의 티와 명랑함을 잃은 지 이미 오래된 듯한 그런 시선이었다.

퐁타냉 부인이 가까이 다가왔다. 하마터면 그녀는 몸을 굽혀 두 아이를 품안에 함께 껴안을 뻔하였다. 그렇지만 제니를 피곤하게 해서는 안 되었다. 그녀는 다니엘을 일으켜 제 방으로 데리고 갔다.

방안은 환하게 밝혀져 있었다. 벽난로 앞에 부인은 티 테이블을 준비하여 놓았었다.

구운 빵, 버터, 꿀 그리고 따끈따끈하도록 냅킨을 씌워 놓은 다니엘이 좋아하는 삶은 밤, 주전자에서는 끓는 소리가 들리고 있었다. 방안은 훈훈하고 분위기는 안정되었다. 다니엘은 갑자기 현기증을 느꼈다.

그는 어머니가 내미는 접시를 손으로 막았다. 그때 어머니의 그 낙망한 얼굴!

"왜 그러니? 오늘 밤 나와 함께 맛있는 차 한잔 마셔 주지 않겠니?"

다니엘은 어머니를 보고 있었다. 전과 달라진 것이 무엇일까? 어머니는 늘 하던 대로 뜨거운 차를 조금씩 마시고 있었다. 차에서 오르는 김 속에서 미소 짓고 있는, 불빛을 등진 그 얼굴은 확실히 좀 피로해 보이긴 했지만 언제나 보아 온 그 얼굴이었다. 아아, 저 미소, 저 시선……. 다니엘은 그 같은 두터운 애정을 감당해 낼 수가 없었다. 그는 자신의 감정을 숨기려고 구운 빵을 한 조각 들고 먹는 척하였다.

부인은 다시 웃어 보였다. 부인은 그저 기쁠 뿐 아무 말도 하지 않았다. 넘치는 애정을 그녀는 치마 끝에 쪼그리고 앉아 있는 강아지를 쓰다듬어 주는 것으로 만족하고 있었다.

다니엘은 빵을 다시 내려놓았다. 눈을 여전히 내리깐 채 얼굴이 핼쑥해지면서 그는 말했다.

"학교에서 어머니에게 뭐라고 했어요?"

"나는 그렇지 않다고 말했어."

다니엘의 이마가 마침내 펴졌다. 그는 눈을 들어 어머니의 시선과 마주쳤다. 확실히 신뢰하는 시선이었다. 그러나 한편으로는 묻고 있었으며, 자기의 신뢰가 틀리지 않았다는 것을 확인해 주기를 바라고 있는 시선이었다.

그리고 다니엘의 눈은 이 무언의 질문에 대하여 더 의심할 여지가 없게끔 대답하였던 것이다. 그때 부인은 만면에 희색을 띠며 나지막이 말했다.

"애야, 왜 나한테 모든 것을 얘기하지 않았니? 그렇게……."

그러나 부인은 말을 다 마치지 못하고 일어섰다. 응접실에서 "짤랑!" 하고 열쇠 소리가 났던 것이다. 그녀는 빠끔히 열려져 있는 방문 쪽으로 몸을 돌린 채 움직이지 않고 있었다. 강아지가 꼬리를 흔들며 반가운 손님을 마중하려는 듯 짖지도 않고 살그머니 빠져나갔다.

제롬이 나타났다. 제롬은 웃고 있었다.

그는 외투도 입고 있지 않았고 모자도 쓰고 있지 않았다. 그 태도가 너무나 자연스러워서, 마치 이 집에 살고 있어서 방금 자기 방에서 나오는 것으로밖에는 보이지 않았다.

그는 다니엘을 흘끔 보았으나, 아내에게로 걸어가 그녀의 손을 잡고 입을 갖다 댔다. 부인은 그가 하는 대로 내버려두었다. 그의 주위에서 마편초와 레몬 향수 냄새가 풍기고 있었다.

"난 지금 오는 길이오. 무슨 일이 있었다고? 정말 미안하게 됐소……."

다니엘은 즐거운 얼굴로 아버지에게 다가갔다. 그는 어렸을 적부터 오랫동안 어머니에게만 편중된 샘 많은 애정을 표시하였으나 차츰 아버지를 사랑할 수 있게 되었던 것이다. 그리고 지금도 늘 아버지가 어머니와 자기 사이의 긴밀한 관계 속으로 끼어들지 않는 것을 무의식중에 다행으로 여기고 그것을 받아들이고 있었다.

"그래, 너 집에 있었구나? 그런데 그건 다 무슨 소리였지?"

제롬이 물었다.

그는 아들의 턱을 손으로 받치고 눈살을 찌푸리며 그를 들여다보았다. 그러고는 입을 맞춰 주었다.

퐁타냉 부인은 일어선 채로 있었다. '이번에 돌아오면 내쫓아 버려야지.' 하고 그녀는 결심하고 있었던 것이다. 그녀의 원한 그리고 그녀의 결심은 꺾이지 않을 것이었다. 그러나 그야말로 불시의 일격이었고, 너무나 즐겁고도 경쾌한 남편의 태도에 부인은 어찌할 바를 몰랐다. 그녀는 남편에게서 눈을 뗄 수가 없었다. 남편이 돌아옴으로 인해 자기의 마음이 얼마나 혼란에 빠졌는가를, 자기가 그의 눈길, 그의 미소, 그의 몸짓의 그 감칠 듯한 매력에 아직도 얼마나 끌리고 있는가를 그녀는 스스로에게 부인하려 들었다. 제롬은 그녀에게 일생의 남자였던 것이다.

문득 돈 생각이 그녀의 머리에 떠올랐다. 그리고 자신의 수동적인 태도를 스스로 변명하려고 그 문제에 매달렸다. 그날 아침 남아 있는 마지막 생활비를 꺼내지 않을 수 없었던 것이다. 이제는 더 기다릴 도리가 없었다. 제롬은 그것을 알고 있었다. 아마 이 달의 생활비를 갖고 왔겠지.

다니엘은 무어라고 대답해야 좋을지 몰라 어머니에게로 돌아섰다. 그리고 그때 그는 어머니의 맑은 얼굴 위에 똑똑히 무어라 말할 수는 없으나, 무엇인가 아주 특이한 것 그리고 극히 내정적(內情的)

인 그 무엇을 언뜻 엿보고는 놀라고 무안해서 고개를 돌렸다. 그는 마르세유에서 눈길의 순진성까지도 잃어버리고 말았던 것이다.

"야단을 좀 쳐야 하나?"

제롬이 슬쩍 지나가는 미소와 함께 이빨을 반짝이면서 말했다.

부인은 곧바로 대답하지 않았다. 마침내 그녀는 어떤 복수의 욕망 비슷한 것이 엿보이는 말투로 내뱉었다.

"하마터면 제니가 죽을 뻔했어요."

제롬은 아들을 놓아주고 아내에게로 한걸음 다가섰다. 그 얼굴이 어찌나 걱정하는 빛이었던지 부인은 곧 애초에 남편에게 주려고 하였던 고통을 덜어 주기 위하여 당장에라도 모든 것을 용서하고 싶은 심정이었다.

"이젠 괜찮아요." 하고 그녀는 외쳤다.

"안심하세요."

그녀는 남편을 빨리 안심시키려고 짐짓 미소를 띠어 보였다. 그러나 그 미소는 사실인즉 일시적 굴복을 의미하는 것이었다. 부인은 그것을 의식했다. 모든 것이 그녀의 위엄을 손상시키려고 공모하고 있었다.

"가 보세요."

그녀는 제롬의 손이 떨리고 있는 것을 보고 덧붙였다.

"하지만 깨우진 마세요."

몇 분인가 지나갔다. 퐁타냉 부인은 의자에 앉아 있었다. 제롬은 발끝으로 살며시 돌아와서 조심스럽게 방문을 닫았다. 불안한 표정이 사라진 그의 얼굴은 애정으로 빛나고 있었다.

그는 다시금 웃으면서 눈을 깜박거렸다.

"자고 있는 걸 당신도 좀 보았으면! 한옆으로 미끄러져서 뺨을 두 손 위에다 고이고……."

그러면서 그의 두 손은 잠든 소녀의 아리따운 몸맵시를 허공에 그리고 있었다.

"좀 야위긴 했지만, 차라리 나은 것 같기도 해. 전보다 더 예뻐졌으니까. 그렇지 않소?"

부인은 아무 대답도 하지 않았다. 제롬은 아내를 돌아보면서 망설이고 있다가 외쳤다.

"그런데 테레즈, 당신 머리가 많이 하얗게 셌구려?"

테레즈는 일어서서 거의 뛰다시피 벽난로 앞으로 다가갔다. 그것은 사실이었다.

불과 이틀 동안에 조금 은발이 섞이기는 하였으나 금빛이었던 그녀의 머리카락이 관자놀이며 이마 둘레로 온통 세어 있었다. 다니엘은 돌아왔을 때부터 전과는 달라진 것 같으나 무언지 알 수 없었던 것을 그제야 깨달았다.

퐁타냉 부인은 무엇을 어떻게 해야 좋을지 모르는 상태에서 한 가닥 애석한 마음을 금치 못하며 자신의 모습을 들여다보았다. 그리고 거울 속에서 그녀의 뒤에 서 있는 남편을 보았다. 제롬은 웃고 있었다. 부인은 저도 모르게 그 미소로 위로를 받았다. 제롬은 재미 있다는 표정을 하고 있었다. 그는 불빛 속에 나부끼고 있는 빛 잃은 머리칼을 손가락 끝으로 매만졌다.

"당신에겐 정말 잘 어울리는군. 제일 — 그 뭐라고 할까? — 당신 눈의 그 젊은 시선을 기가 막히게 드러나게 한단 말이야."

부인은 변명이나 하려는 듯, 그러나 그보다도 내심의 기쁨을 감추 고자 말했다.

"아아, 제롬, 난 정말 밤낮으로 무서운 며칠을 지냈어요. 목요일엔 모든 치료를 다했었지만, 모두들 희망이 없다고 생각했어요. 난 혼 자서 어찌나 무서웠던지!"

"가엾어라!"

제롬은 열렬하게 부르짖었다.

"미안하오. 곧 돌아왔어야 하는 건데! 당신도 아는 그 일 때문에 난 리옹에 가 있었소."

그는 진실인 것처럼 말을 이었으므로 부인은 잠깐 기억을 더듬어 보려고 하였다.

"그만 당신에게 주소를 알려 주지 못했다는 걸 깜박 잊어버리고 있었소. 그리고 당일에 돌아올 작정이었던 것이 그만…… 그래서 왕 복 표도 못 쓰게 되고 말았지."

그제야 그의 머리에는 오래전부터 테레즈에게 생활비를 주지 않 았다는 생각이 떠올랐다. 그러나 앞으로 3주일 안에는 한푼도 돈이 생길 곳이 없었다. 그는 주머니 속에 있는 돈을 셈해 보았다. 그리고 얼굴을 찡그리지 않을 수 없었다. 그러나 그는 곧 그 이유를 설명하기 시작했다.

"아, 그런데도 일이 잘 되질 않았어. 이렇다 할 흥정 하나 없었거든. 끝까지 행여나 했었는데 결국 빈손으로 돌아오고 말았는걸. 리옹의 큰 은행가라는 자들은 흥정한다는 것이 쩨쩨하고 왜 그리 의심이 많은지!"

그리고 그는 여행 이야기를 시작했다. 조금도 거침없이 재미나게 꾸며 가면서 수북이 이야기를 지어내는 것이었다.

다니엘은 아버지의 말을 듣고 있었다. 처음으로 그는 아버지 앞에서 부끄러움을 느꼈다. 그리고 까닭도 없이, 아무런 관련도 없는데 그는 마르세유의 그 여자가 말하던 남자, 그 여자가 '그이'라던 남자, 이미 아내와 자식이 있고 무슨 장사를 한다던가 하던, 여자가 설명한 바에 의하면 밤에는 늘 '본처'가 따라 나와서 언제나 오후에만 찾아온다는 그 남자를 생각했다.

그리고 아버지의 말을 듣고 있는 어머니의 얼굴 또한 지금 그로서는 이해할 수가 없었다. 다니엘은 어머니와 시선이 마주쳤다. 어머니는 아들의 눈 속에서 무엇을 읽은 것일까? 다니엘 자신도 수습할 수 없었던 생각들을 깊숙이 들여다본 것일까?

부인이 약간 언짢은 듯 서둘러 말했다.

"가서 자거라. 그러다간 고단해서 쓰러지겠구나."

다니엘은 어머니의 말에 순종했다. 그러나 입을 맞추려고 몸을 굽혔을 때, 그의 눈앞에는 제니가 죽도록 앓고 있을 때 모두가 버려두었던 그때의 가련한 어머니가 보였다. 모두 그의 탓이 아니었던가? 그의 애정은 자기가 어머니에게 끼친 그 모든 고통을 생각할 때 더더욱 커지는 것이었다. 그는 어머니를 꼭 껴안고 마침내 어머니의 귀에 대고 속삭거렸다.

"용서해 주세요."

부인은 아들이 돌아왔을 때부터 이 말을 기다리고 있었다. 그러나 지금 그녀는 진작 그 말을 해 주었더라면 느낄 수 있었을 그 기쁨을 느끼지 못하였다. 다니엘도 그것을 알았다. 그는 아버지를 원망하고 있었다.

퐁타냉 부인 역시 그것을 의식하였다. 그러나 부인은 '단둘이 있었을 때 말해 주었더라면 좋았을걸.' 하고 아들을 원망하고 있었던 것이다.

절반은 장난삼아, 절반은 구미가 당겨 제롬은 쟁반 앞까지 다가가서 익살스럽게 입을 삐죽 내밀며 거기에 있는 것을 주워 삼켰다.

"이 달콤한 것들은 누구를 위한 거지?"

그의 웃는 모습에는 좀 부자연스러운 데가 있었다. 그가 머리를 뒤로 젖히는 까닭에 눈동자가 눈 한쪽 구석으로 굴러가고, '아아'를 세 번씩 조금 과장해서 "아아! 하! 하!" 하고 연발하였다.

그는 둥근 의자를 탁자 곁으로 끌어다 놓고 벌써 홍차 주전자에 손을 대고 있었다.

"그건 마시지 마세요. 다 식었어요."

퐁타냉 부인은 주전자에 다시 불을 켜면서 말했다. 그리고 남편이 괜찮다고 하자 "가만 계세요." 하고 웃는 기색도 없이 말하였다.

지금 거실에는 그들 단둘만이 남았다. 부인은 주전자를 살피려고 남편에게로 가까이 갔다. 그러자 남편에게서 풍겨오는 마편초와 레몬의 새콤한 향기를 맡을 수 있었다.

제롬은 약간 미소를 띠고 아내에게로 고개를 돌렸다. 그의 얼굴에는 정다우면서도 후회하는 듯한 표정이 깃들어 있었다. 그는 초등학생처럼 빵 조각을 손에 들고 그리고 다른 한 팔로 아내의 허리를 감싸안았다. 조금도 어색한 구석이 없는 것이 오랫동안 바람을 피운 이력을 말하고 있었다.

퐁타냉 부인은 남편의 팔에서 홱 빠져나왔다. 그녀는 자신의 마음이 약해질까 봐 두려웠던 것이다. 남편이 팔을 거두어들이자, 그녀는 다시 가서 차를 따라 놓고 다시금 물러섰다.

퐁타냉 부인은 위엄을 지키고 있었으나 슬펐다. 남편의 그 같은 독단적인 태도에 한껏 사무치던 원한도 꺾이고 마는 것이었다. 그녀는 거울 속으로 슬며시 남편을 살펴보고 있었다. 호박(琥珀)색 얼굴빛, 가느다란 눈, 뒤로 젖혀진 허리, 다소 이국적인 옷차림에 이르기까지, 그러한 것들은 그의 늘쩍지근한 자태의 어딘가에 동양적인 냄새를 풍기게 하였다.

　부인은 약혼 시절 일기 속에 "나의 사랑하는 사람은 인도의 왕자처럼 아름답다."라고 적었던 것을 기억했다. 그녀는 지금 남편을 바라보고 있었다. 그리고 여전히 옛날과 같은 눈으로 보고 있는 것이었다. 제롬은 나지막한 의자 위에 비스듬히 걸터앉아 벽난로의 불을 향하여 다리를 길게 내뻗고 있었다. 반질반질하게 잘 손질한 손가락 끝으로 구운 빵에 하나씩 하나씩 버터와 꿀을 바르고, 상반신을 접시 위에 굽히고 와작와작 먹어 댔다.

　빵을 다 먹고 나서는 차를 단숨에 마시고, 무용가처럼 살짝 안락의자로 와서 길게 앉았다. 마치 아무 일도 없었고, 전과 다름없이 이곳에서 살고 있는 사람 같았다. 그는 무릎 위에 뛰어오른 퓌스를 쓰다듬어 주었다. 그의 왼쪽 약지에는 어머니가 물려준 빨간 마노(瑪瑙)가 끼여 있었다. 진한 검은색 바탕에 가니메드(주피터가 독수리로 변하여 납치해서 신들의 술시중을 들게 했다는 트로이의 왕자)의 젖빛 반면상(半面像)이 두드러지게 새겨져 있는 오래된 반지였다. 그것은 오랫동안 낀 탓에 가늘어져 손을 움직일 때마다 손가락 마디 사이를 미끄러져 왔다갔다하였다. 부인은 남편의 움직임을 하나하나 지켜보고 있었다.

　"담배를 피워도 괜찮겠소, 여보?"

　어떻게 할 도리가 없는, 그러나 참으로 상냥스런 남자였다. '여보'라고 말을 하는 데도 그의 독특한 어투가 있어서 마지막 말을 마치 키스라도 하듯 입술 언저리에 남기는 것이었다.

은으로 된 담배 케이스가 손가락 사이에서 반짝반짝 빛났다. 부인은 귀에 익은 그 "찰칵!" 하는 소리를 들었다. 그리고 담배를 수염 아래의 입 안에 살그머니 피워 물기 전에 손등 위에 툭툭 치는 버릇도 눈에 익은 것이었다. 또 성냥을 그을 때면 불꽃같은 빛깔의 투명한 조개껍질로 변하는 그의 손, 정맥이 보이는 갸름한 그의 손을 그녀는 또 얼마나 잘 알고 있는가!

부인은 마음을 진정시키고 티 테이블을 치우려고 하였다. 지나간 한 주일 동안에 그녀는 지칠 대로 지쳤었다. 그리고 모든 용기가 필요한 이 순간에 그녀는 그것을 깨달은 것이다.

그녀는 의자에 앉았다. 아무것도 생각나지 않았고 성신의 가르침조차 잘 들리지 않았다. 주님은 남편이 언제고 '선(善)'을 향하여 걸어가는 것을 돕기 위해서 자기를 방종한 가운데 있으면서도 착한 마음을 가질 수 있는 이 죄인의 곁으로 보낸 것이 아닐까? 아니다. 당연히 내가 해야 할 의무는 가정과 아이들을 지키는 것이다. 그녀의 생각이 다시금 굳어졌다. 자기가 생각하고 있던 것보다는 훨씬 더 마음을 굳세게 가질 수 있다는 것에 부인은 마음이 든든하였다. 제롬이 없는 동안에 기도로써 밝혀진 그녀의 마음속에서 내린 결정은 지금도 변함이 없었다.

제롬은 조금 전부터 무엇인가 생각에 잠긴 듯 물끄러미 부인을 보고 있었다. 그러더니 그의 시선이 극도로 진지한 표정을 띠었다.

부인은 이 가시지 않는 미소, 이 신중한 눈길을 잘 알고 있었다. 그녀는 겁이 났다. 왜냐하면 그녀가 거의 무의식중에도 이 변화무쌍한 얼굴 표정의 의미를 일일이 알아차릴 수 있는 것은 사실이었으나, 언제나 그녀의 직감은 기어이 어느 한계에 부딪혀 버리고, 그 한계를 지나면 그녀의 통찰력은 모래 속으로 빠져 헤어 나오지 못하게 되기 때문이었다. 그리고 가끔 그녀는 '도대체 저이의 마음속은 어떻게 되어 있을까?' 하고 스스로 묻지 않을 수 없었던 것이다.

"그래, 잘 알겠소."

제롬은 가벼운 우수를 띠며 이야기를 시작했다.

"테레즈, 당신은 나를 엄격하게 비난하는군. 당신의 마음을 나도 모르는 바 아니오. 너무나 잘 아오. 이게 만일 내가 아닌 다른 사람이라면 나 역시 당신처럼 비난을 할 거요. 그리고 아마 이렇게 생각하겠지. '천하에 못난 자식이로군.' 정말이오. 지지리도 못난 자식이라고 — 적어도 말만이라도 똑바로 해야지. 어떻게 설명하면 좋을까?"

"그런 게 다 무슨 소용이 있지요?"

가련한 부인은 남편의 말을 막았다. 감정을 꾸밀 줄 모르는 그녀의 얼굴은 애원하고 있었다.

제롬은 안락의자 속에 몸을 파묻고 담배를 피웠다. 한 다리를 무릎 위에 걸친 채 늘쩡늘쩡 흔들고 있는 발은 발목까지 드러나 있었다.

"안심하오. 난 토론을 하려고 하는 건 아니오. 사실이라는 게 있고, 그 사실은 나를 공박하고 있으니까. 그렇지만 테레즈, 그런 모든 것에는 눈에 드러나는 부분 이외에 다른 부분이 있는 게 아닐까?"

그는 쓸쓸하게 웃었다. 자기의 허물을 얘기하고 도덕적 견지에서 논거를 세우기를 그는 즐겨 하는 것이었다. 아마도 그는 그렇게 하여 그에게 아직 약간 남아 있는 프로테스탄티즘을 만족시키고 있었던 것인지도 모른다.

"가끔……."

그는 이어서 말하였다.

"나쁜 행동에는 나쁜 동기 이외에 다른 동기가 있을 수 있지. 언뜻 생각해 보면 난폭한 본능적 만족을 찾는 것 같지만 사실은 간혹, 아니 가끔 그 자체로선 선량한 감정 ― 가령 동정심이라든가 ― 그런 감정에 이끌리는 수가 있거든. 그래서 자기가 사랑하는 사람의 속을 썩이기도 하지만 때로는 그게 다른 또 한 사람, 불행하고 신분도 낮고 조금만 돌봐 주면 반드시 구원의 길이 있는 그런 사람을 동정하는 경우일 수도 있어……."

부인은 강변에서 흐느껴 울고 있던 그 어린 여공을 눈앞에 떠올렸다. 또 다른 회상들도 떠올랐다. 마리에트, 노에미……. 그녀는 이제 그의 에나멜 구두가 왔다갔다하는 것을 물끄러미 들여다보고 있었다. 구두 위에는 램프의 반사하는 불빛이 켜졌다 꺼졌다 하고 있었다.

그녀는 신혼 시절 남편이 급작스럽게 긴급한 업무상의 연회라고 하면서 나갔다가 새벽녘에야 돌아와서는 자기 방으로 들어가 버리고 저녁때까지 자곤 하던 것을 생각하였다. 또 발신인을 모르는 그 많은 편지들. 그녀는 그것들을 읽고는 찢어 버리고 태우고 짓밟고 하였으나 그 독소의 힘은 조금도 줄어들지 않았다. 부인은 제롬이 집안의 계집 하인들을 건드리고 차례차례 돌아가며 자기의 친구들을 유혹하는 것을 보았다. 그리하여 남편은 그녀의 주위에 공허를 만들어 놓았던 것이다.

처음엔 용기를 내어서 퍼부었던 비난, 성실하고도 너그러운 마음으로 이야기하였던 그때의 신중한 부부 싸움을 그녀는 생각해 보았다. 그러나 그녀는 언제든지 눈앞의 욕망에만 이끌려 진실하지 못하고 늘 회피하는 퓨리턴처럼 분개하면서 명백한 사실을 부인하려 들고, 그러다가는 금세 어린애처럼 다시는 그러지 않겠노라고 미소를 지으면서 맹세하는 남편밖에는 기억 속에서 찾아볼 수가 없었다.

"그러니까 말이오……."

제롬은 이어서 말했다.

"난 당신에게 잘못하고 있어. 나는…… 그렇고말고. 모두 터놓고 얘기하지. 그렇지만 테레즈, 나는 당신을 사랑하오. 진정으로 사랑해. 그리고 당신을 존경하고 또 동정하오. 난 맹세하오. 단 한 번이라도, 단 한순간이라도 내 마음속 깊이 뿌리 박고 있는 이 절대적인 사랑에 비길 만한 것은 가져 본 적이 없어. 다른 어떤 것도, 절대로.

아아! 내 생활은 추해. 그걸 변명하진 않겠소. 난 창피하오. 하지만 여보, 내 말을 좀 들어보오. 당신이 만약 내 행동만으로 나를 판단한다면, 그건 정말이지 당신만큼 공명정대한 사람이 불공평을 범하는 게 되고 말 거요. 나는…… 난 잘못은 많지만, 그렇게 나쁜 사람은 아니야. 설명을 잘 못하겠소. 당신은 들으려고도 하지 않는 것 같구려. 이런 일은 말로 다 할 수 없으리만큼 복잡하고 또 복잡하니까. 그리고 나도 그건 이따금 지나가다가 언뜻 엿보는 데 지나지 않는 것이니까……."

그는 입을 다물었다. 고개를 숙이고 눈은 먼 곳을 바라보며 마치 자기의 생활에 깊이 숨은 진실을 한순간 비춰 보이려는 헛된 노력으로 말미암아 그는 기운이 빠져 버린 것 같았다. 그는 다시 머리를 쳐들었다. 퐁타냉 부인은 자기의 얼굴 위에 제롬의 스치는 듯한 시선이 지나가는 것을 느꼈다. 그것은 보기에는 퍽 가벼운 시선이었으나 지나가면서 다른 사람의 시선을 얽어매어, 말하자면 모든 걸 앗아가는 것이어서, 그것이 떨어져 나갈 때까지 얼마 동안 붙잡아 두는 힘이 있었다. 자석(磁石)이 너무 무거운 쇠를 끌어당겨 들어올리다가 떨어뜨려 버리는 것과도 같이, 또 한 번 그들의 시선이 얽혔다가 다시 풀렸다.

부인은 생각했다.

'당신 역시 당신의 본성은 당신의 생활보다는 나은 것이겠지요?'

그러면서도 부인은 으쓱 어깨를 치켜 올렸다.

"당신은 날 믿지 않소?"

제롬이 나지막이 말했다.

부인은 냉정한 어조로 말하였다.

"난 당신을 믿고 싶어요. 그리고 지금까지 수없이 믿어 왔어요. 그렇지만 그런 건 아무래도 좋아요. 잘못이든 잘못이 아니든, 책임이 있든 없든. 제롬, 해서는 안 될 것이 지금까지 계속되어 왔고, 지금도 매일 일어나고 있고, 또 앞으로도 그럴 것이니까. 그러니 그것은 이 이상 더 계속되어선 안 되겠어요. 아주 헤어져 버리기로 해요.!"

부인은 나흘 전부터 그것을 수없이 생각하였던 터였으므로 그 말을 냉담한 어조로 또박또박 할 수가 있었다. 제롬은 그러한 어조가 의미하는 것을 모르지 않았다. 부인은 남편의 놀라움과 고뇌를 보고 조급히 다시 말을 이었다.

"이제는 아이들이 있어요. 그래도 어렸을 적에는 아무것도 몰랐으니까 나 혼자만이……."

부인은 그다음에 '속을 썩었어요.'라는 말을 하려다가 쑥스러워 지워 버리고 말했다.

"제롬, 당신이 내게 준 고통은, 그건 이제는 나의…… 애정만을 깨뜨리는 것이 아니라, 그것은 당신과 함께 여기에 들어와요. 그것은 이 집 안에 들어와 있고, 어린애들이 호흡하는 공기 속에 들어와 있어요. 나는 더 견딜 수가 없어요. 다니엘이 이번 주일에 한 일을 보세요. 내가 그 애를 용서한 것처럼, 주님께서도 그 애를 용서해 주시기를! 그 애는 선량함을 잃지 않은 마음으로 그것을 뉘우치고 있어요."

부인의 시선에는 자부심의 섬광, 거의 도전하는 듯한 섬광이 엿보였다.

"그렇지만, 당신의 나쁜 본보기가 그 애를 그릇된 길로 인도한 건 틀림없어요. '일 때문에……'라면서 늘 당신이 나가는 것을 보지 않았다면, 그렇게도 쉽게 내가 걱정할 것을 생각지도 않고 집을 나가 버렸겠어요?"

부인은 일어서서 주저하는 발길로 한 걸음 벽난로 앞으로 다가가 자기의 흰 머리칼을 들여다보았다. 그리고 조금 남편이 있는 쪽으로 고개를 숙였으나 남편은 보지 않고 말했다.

"제롬, 나는 곰곰이 생각해 봤어요. 이번 주일에 나는 정말 괴로웠어요. 당신을 비난하거나 원망하려는 것은 아니에요. 그리고 오늘 밤은 그럴 용기도 없어요. 기력도 없고요. 그저 나로선 있는 현실을 똑바로 봐 주기만을 바랄 뿐이에요. 당신은 내 말이 옳다는 것, 또 다른 어떠한 해결책이 있을 수 없다는 것을 아실 거예요. 둘이 같이 사는 생활……."

부인은 말을 이었다.

"……둘이 같이 사는 생활에서 남아 있는 것, 우리들에게 조금 남아 있는 것, 제롬, 그것조차 난 견딜 수가 없어요."

172

부인은 몸을 굽히고 두 손을 대리석 위에 올려놓고는 한마디 한 마디 상반신과 손을 비틀며 끊어 말하였다.

"이젠 — 정말 — 난 — 싫어요."

제롬은 대답하지 않았다. 그러나 부인이 물러설 겨를도 없이 그는 부인의 발밑에 미끄러져 억지로 용서를 얻어내려는 어린애처럼 부인의 허리에 얼굴을 갖다 댔다. 그는 더듬더듬 말했다.

"내가 당신과 헤어져서 살 수 있을 것 같소? 내가 아이들 없이 어떻게 살 수 있겠소? 난 머리에 권총이라도 쏘아 버릴 수밖에 없을게요!"

부인은 웃음을 터뜨릴 뻔했다. 그렇게 남편이 관자놀이에다 대고 해 보인 시늉은 정말 어린애 같았던 것이다.

제롬은 스커트 옆으로 늘어진 테레즈의 손목을 잡고 키스를 퍼부었다. 부인은 손을 빼내 방심하고 느긋한 동작으로 마치 어머니 같은, 그러나 헤어질 수밖에 없다는 결심을 나타내는 듯한 동작을 지으며 손가락 끝으로 남편의 이마를 쓰다듬었다. 제롬은 그것을 잘못 알고 머리를 쳐들었다. 그러나 아내의 얼굴을 보았을 때 그는 자기의 생각이 얼마나 어처구니없는 것이었나를 이내 깨달았다. 부인은 곧 물러섰다. 그녀는 티 테이블 위에 놓여 있는 여행용 시계로 팔을 내밀었다.

"벌써 2시군요!"

그녀는 말했다.

"몹시 늦었어요. 어서…… 그리고 내일 오세요."

제롬은 시계판 위로 눈을 던졌다. 그리고 다 준비되어 있는 잠자리에 베개 하나만이 쓸쓸히 놓여 있는 커다란 침대 쪽으로 눈을 옮겼다.

바로 그때 부인이 덧붙여 말했다.

"어서 가셔야지, 차가 끊기겠어요."

제롬은 놀란 듯 애매한 몸짓을 하였다. 그는 오늘 밤 다시 나가게 되리라는 것은 생각조차 하지 않았다. 여기는 그의 집이 아니었던가? 항상 준비되어 있는 그의 방은 언제나 그를 기다리고 있었다. 그리고 그는 복도를 건너가기만 하면 되는 것이었다. 지금까지도 나흘, 닷새, 엿새씩 집을 비웠다가 한밤중에 돌아온 것이 한두 번이 아니었지 않은가. 그런 날이면 으레 그는 파자마 바람으로 산뜻하게 수염을 깎고 무어라 설명할 수 없는 아이들의 불신감을 일소할 양으로 익살을 부리면서 아침 식탁에 와 앉곤 했던 것이었다.

한편 부인은 지금 남편의 얼굴에서 그가 그리고 있는 생각의 곡선(曲線)을 읽었다. 부인은 현관으로 난 문을 열었다. 제롬은 속으로 몹시 당황하였으나 마치 친구가 찾아왔다가 돌아가는 듯한 태연한 걸음으로 문을 나섰다.

외투를 걸쳐 입으면서 그는 아내에게 돈이 없다는 것을 생각했다. 다른 돈이 들어올 아무런 방도도 없었지만, 전 같으면 그는 포켓 속에 남아 있는 몇 장의 지폐를 내던지기라도 하였으리라. 그러나 그것이 자기가 집을 나간다는 사실에 어떤 변화를 가져오는 것은 아닐까. 그 돈을 받고서 아내가 이토록 떳떳하게 자기를 내쫓는 자유를 갖지 못하게 되지나 않을까 하는 생각이 그의 자존심을 억눌러 버렸다. 그리고 또 그런 행동은 자기가 어떤 타산이 있지 않은가 하는 의심을 살 염려도 있었다. 그는 그저 이렇게만 말하였을 뿐이다.

"여보, 난 아직 이야기할 것이 많은데⋯⋯."

그 말에 부인은 헤어지겠다는 자기의 결심을 다시 생각하며, 또 받아야 할 돈도 생각하면서 서둘러 대답했다.

"내일 해요, 제롬. 내일 오면 보겠어요. 그때 모두 말하기로 하지요."

그렇게 되자 제롬은 차라리 아주 신사답게 나가 버리리라 마음먹고 아내의 손끝을 잡아 입술을 갖다 댔다. 두 사람 사이에 모호한 순간이 흘렀다. 그러나 부인은 그에게서 손을 빼내어 층계참의 문을 열어 주었다.

"그럼 가겠소⋯⋯ 내일 봅시다."

부인은 그가 계단을 내려가면서 마지막으로 다시 한 번 모자를 들어올리고 머리를 이쪽으로 기웃하면서 미소 짓는 것을 보았다.

문이 닫혔다. 퐁타냉 부인은 홀로 남았다. 그녀는 이마를 문틀에 기대었다. 정문이 닫히는 무거운 소리가 그녀의 뺨에까지 이르며 집 안을 뒤흔들었다. 그녀의 눈앞에 화려한 장갑이 한 짝 양탄자 위에 떨어져 있는 것이 보였다. 그녀는 저도 모르게 정신없이 그것을 집어 입가에 가져가, 가죽 냄새와 담배 냄새 속에 자기가 잘 아는 더욱 미묘한 냄새를 찾으면서 그것을 들이마셨다.

그녀는 거울 속에서 자기의 그와 같은 행동을 발견하자 얼굴을 붉히며 장갑을 떨어뜨리고는 스위치를 내렸다. 그리고 어둠으로 말미암아 자기 자신으로부터 벗어나 손으로 더듬어 아이들의 방으로 걸어 들어가서 오랫동안 그들의 고른 숨결 소리를 듣고 있었다.

9

앙투안과 자크는 다시 마차에 올라탔다. 자갈이 깔린 길 위를 천천히 걷는 말발굽 소리가 마치 캐스터네츠를 치는 소리처럼 들렸다.

거리는 어두웠다. 자크는 울고 있었다. 피곤하기도 했고, 어머니 같은 미소를 띠고 있던 퐁타넹 부인의 품안에 안겼었다는 것이 마침내 그의 마음을 후회로 가득 차게 했던 것이다. 아버지에게 뭐라고 얘기하면 좋을까? 그는 맥이 풀리는 것을 느꼈다. 그리하여 그 기분을 솔직히 드러내며 슬픈 마음에 머리를 형의 어깨에 기대었다. 앙투안은 팔로 그를 안아 주었다. 그들 사이에 서먹서먹한 감정이 사라지기는 이것이 처음이었다.

앙투안은 무언가 이야기를 해 주고 싶었다. 그러나 그는 체면이라는 것을 완전히 없애버리지는 못했다. 그의 서글서글한 목소리에는 좀 부자연스럽고 억지로 지어 낸 듯한 데가 있었다.

"자, 이봐…… 다 지나간 일을 가지고…… 뭘 그래?"

그는 입을 다물었다. 그리고 동생의 상반신을 자기의 어깨에 기대게 해 주는 것으로 만족했다. 그러나 호기심이 그를 충동질했다.

"왜 그랬니?"

그는 적이 다정한 어조로 다시 말하였다.

"어떻게 된 거야? 그 애가 하자고 해서 그랬었니?"

"아냐, 그 앤 싫다고 했어. 내가, 나 혼자 그랬어."

"그건 왜?"

대답이 없었다. 앙투안은 서투르게 다시 물었다.

"학교에서 너희 둘이 친하다는 건 나도 알아. 내겐 전부 말해도 괜찮아. 너희만한 때의 우정이 어떤 성질의 것인지 난 알고 있으니까. 유혹에 끌리는 수가 많거든……."

"그 앤 내 친구야. 그 애밖엔 아무도 없어."

자크는 형의 어깨에 기댄 채 말하였다.

"그럼…… 둘이서 함께 뭘 하니?"

앙투안은 용기를 내어 물었다.

"얘기하지 뭐. 그 앤 날 위로해 줘."

앙투안은 그 이상 더 묻지 못하였다.

"그 앤 날 위로해 줘……."라고 말하는 자크의 어조가 그의 가슴을 찔렀던 것이다. '그렇다면 넌 그 정도로 슬프니?' 하고 물으려 하였을 때, 자크가 씩씩하게 덧붙였다.

"그리고 또 그 앤 내 시(詩)를 고쳐 줘."

그 말에 앙투안은 응답했다.

"아아, 그것 참 좋지. 난 찬성이다. 네가 시를 쓴다는 게 난 여간 기쁘지 않다."

"정말?"

소년은 물었다.

"정말이고말고. 정말 기쁘단다. 사실은 그전부터 알고 있었어. 네 시를 몇 번 읽은 적도 있었지. 굴러다니는 것들이 있더구나, 네게 말은 하지 않았지만. 그리고 왜 그랬는지 둘이서 얘기할 기회가 별로 없었지. 하지만 참 좋은 것들이 있더라. 확실히 네겐 소질이 있어. 그걸 살리렴."

자크는 더욱 몸을 기대었다.

"난 시처럼 좋은 게 없어."

그는 속삭이는 목소리로 말했다.

"내가 좋아하는 시를 위해서라면 난 뭐든지 다 버릴 수 있어. 퐁타넹은 나에게 책을 빌려 줘. 아무한테도 말하지 마, 응? 내가 라프라드랑 쉴리프뤼돔을 읽은 것도 그 애 덕이야. 또 라마르틴, 빅토르 위고, 뮈세…… 아아, 뮈세! 형, 이런 시 알고 있어?

　밤의 창백한 별, 서쪽의 장막으로부터

찬란한 그 이마 반짝이며 먼 곳에서 오는 사자(使者)여……

그리고 또

나와 잠자리를 함께한 그이는
오, 주여, 이미 나를 떠나 당신에게로 간 지 오래거늘
우리들은 아직도 그대로 맺어져
그이는 절반 죽고 나는 절반 살아……

또 이런 거, 라마르틴의 『십자가(十字架)』, 형 알아?

님이
생명이 꺼져 가는 입술 위에
마지막 숨결과 영원한 이별과 함께
나에게 남기고 간 십자가……

얼마나 아름다워! 음률이 흐르는 것이! 난 이런 시를 읽을 때마다
너무 가슴이 아파."
지금 그의 가슴은 기쁨으로 넘쳐흐르고 있었다.
"집에선……."
그는 계속 말했다.

"아무도 이해해 주질 않거든. 내가 시를 쓴다는 걸 알면, 아마 나를 가만두지 않을 거야. 하지만 형은 달라."

그는 앙투안의 팔을 가슴에 껴안았다.

"그전부터 형이 내 시를 보았다는 걸 알았어. 그렇지만 형이 아무 말도 하지 않았으니까. 그리고 형은 집에 없을 때가 많았고…… 아아, 난 얼마나 좋은지 몰라. 아무래도 친구가 하나였던 것이 둘이 된 것 같아!"

"아베 가이자! 지금 여기 파란 눈의 갈리아의 여인이 있어……."

앙투안은 빙그레 웃으면서 외웠다.

자크는 깜짝 놀라 물러앉았다.

"형, 그 노트 읽었군!"

자크는 외쳤다.

"그건 말이야, 이렇게 된 거야……."

"그럼 아버진?"

소년은 고함쳤다. 그 어조가 너무도 비장하여, 앙투안은 어물어물 말하였다.

"모르겠어…… 아마 조금……."

그는 말을 끝맺지 못하였다.

소년은 구석에 몸을 처박고는 두 팔로 머리를 부둥켜안고 쿠션 위에 뒹굴었다.

"야비한 짓이야! 그런 신부는 위선자야! 치사한 신부 같으니! 난 공부 시간에 말하겠어! 고함을 지를 테야! 얼굴에다 침을 뱉어 줄 테야! 퇴학을 시키라면 시키라지. 난 겁나지 않아. 또 도망쳐 버리면 그만이지! 난 죽고 말 테야!"

그는 발버둥치고 있었다. 앙투안은 어떤 말을 해야 할지 엄두가 나지 않았다. 갑자기 소년은 스스로 조용해지더니, 눈을 두 손으로 가리고 한편 구석에 처박혀 앉았다. 이를 덜덜 떨고 있었다. 화가 나서 소리를 지르는 것보다 가만히 있는 것이 보기에 더욱 딱했다. 다행히 마차는 생 페르 로(路)를 내려가고 있었다. 그들의 집에 다다랐던 것이다.

자크가 먼저 마차에서 내렸다. 앙투안은 마차 값을 치르면서 동생에게서 눈을 떼지 않고 있었다. 어둠 속으로 다시 달아나지 않을까 염려되었기 때문이다.

그러나 소년은 모든 의욕을 잃어버린 듯하였다. 여행에 시달리고 서글픔에 지친 거리의 불량소년 같은 핼쑥한 얼굴로 눈을 내리깔고 있었다.

"벨을 누르지 그래."

앙투안이 말했다.

자크는 대답하지 않았다. 움직이지도 않았다. 앙투안이 그를 집 안으로 들어가게 하였다. 자크는 순순히 따랐다. 문지기 프륄링 노파가 호기심에 찬 눈으로 자기를 보리라는 사실에도 전혀 신경 쓰지 않았다. 자기의 존재가 무력하다는 어쩔 수 없는 사실에 억눌려 있을 뿐이었다.

승강기가 그를 짚단처럼 들어올려 아버지의 감시하에 던져 버렸다. 이제는 어디를 둘러보나 아무런 저항도 할 수 없이 가정과 사회의 메커니즘 속에 갇혀 버렸다.

그렇지만 그가 다시 자기 집 층계참에 섰을 때 그리고 아버지가 손님을 청하던 만찬회의 밤처럼 현관에 켜 놓은 촛대를 보았을 때, 그는 어쨌든 자신의 주위를 예전의 풍습이 둘러싸 주는 것을 의식하며 일종의 따뜻한 정을 느꼈다. 그리고 응접실 저쪽에서 유모가 다른 때보다 더욱 쪼그라들고 더욱 종종걸음을 치며 약간 절름거리면서 자기에게로 오는 것을 보았을 때, 그는 원한도 거의 다 잊고 자기에게로 벌려진, 검은 나사(羅紗) 옷을 걸친 그 조그만 두 팔 속으로 뛰어들고 싶었다.

유모는 그를 붙들고 삼킬 듯이 연방 입을 맞추며, 한결같이 째지는 목소리로 더듬거리며 이렇게 말했다.

"이게 무슨 짓이야! 어쩌면 그렇게도 인정머리가 없니…… 우리가 슬퍼서 죽게 되어도 상관이 없단 말이냐? 이게 무슨 짓이람! 너에게는 인정도 없니?"

그러면서 유모의 눈에는 눈물이 가득 고이고 있었다.

그때 서재의 문이 양편으로 활짝 열리며 아버지가 문 한가운데에 나타났다.

그는 자크를 보자 가슴이 메어 오는 걸 금할 수 없었다. 그러나 그는 그 자리에 멈춰 서서 눈을 감았다. 응접실의 사진틀에 걸려 있는 그뢰즈의 그림(18세기 프랑스의 화가로 그의 그림 '벌 받은 아들'을 말함)처럼 죄지은 아들이 그의 무릎 앞에 달려와 엎드리기를 기다리고 있는 듯하였다.

그러나 아들은 감히 그렇게 하지 못하였다. 서재 역시 무슨 잔칫날처럼 환하게 불이 켜져 있었고, 부엌문에는 방금 두 하녀가 나와 있었으며, 게다가 티보 씨는 저녁에 입는 가벼운 웃옷을 입고 있을 시각임에도 불구하고 프록코트를 입고 있었기 때문이다. 이러한 예사롭지 않은 모든 것들이 소년을 마비시켰던 것이다.

자크는 유모의 품에서 빠져나와 뒤로 물러섰다. 그러고는 머리를 숙이고 자기 자신도 모르는 그 무엇을 기다리면서 울고 싶은 동시에 웃고 싶은 심정으로 그냥 가만히 서 있었다. 그만큼 그의 가슴은 울적한 애정으로 들끓고 있었던 것이다.

그러나 티보 씨의 첫마디는 그를 이미 집에서 내쫓아 버린 듯하였다. 사람들 앞에서 자크가 보인 그 태도는 그에게 관대히 처분해도 좋으리라는 생각을 단번에 사라지게 했던 것이다. 그리하여 그는 그냥 그대로 버티고 있는 아들에게 단단히 버릇을 가르쳐 줄 작정으로 여지없이 냉정한 태도를 보였다.

"그래, 이제 왔구나."

그는 앙투안만을 향하여 말하였다.

"어떻게 되었는지 걱정하고 있었구나. 거기선 다 잘됐니?"

그리고 자기가 내민 맥없는 손을 잡은 앙투안으로부터 긍정하는 대답이 떨어지자, "고맙다. 이런 시끄러운 일을 처리해 줘서!" 하고 말했다.

그는 잠시 망설였다. 그때까지도 죄지은 아들이 달려와 주었으면 하고 기다리고 있었던 것이다. 그는 시선을 언뜻 하녀들에게로 던졌다가 다시 소년에게로 옮겼다. 자크는 음험한 표정으로 양탄자만 노려보고 있었다. 그러자 드디어 티보 씨는 골을 내며 말하였다.

"이런 추태가 다시는 생기지 않도록 할 방침을 내일 당장 생각해 보기로 하자."

그리고 유모가 자크를 아버지의 품속으로 밀어 넣으려고 한 걸음 앞으로 나섰을 때 — 자크는 고개를 들지 않고서도 그것을 알아차리고 마지막으로 남은 구원의 방법으로 제발 그래 주기를 바라고 있었다 — 티보 씨는 팔을 내저으며 근엄하게 유모를 막았다.

"내버려둬! 내버려두라고. 몹쓸 자식이오! 지독한 놈이야. 녀석 때문에 모두들 걱정을 하였다니, 그럴 가치도 없는 놈이야."

그러고는 말을 꺼내려고 기회를 엿보고 있던 앙투안에게 다시 말하였다.

"앙투안, 오늘 밤까지 이 고약한 놈을 좀 맡아다오. 내일은 어떻게든 꼭 할 테니까."

잠시 동안 망설이는 듯한, 어색한 분위기가 흘렀다. 앙투안은 아버지에게로 가까이 갔다. 자크는 조마조마하여 이마를 쳐들었다. 그러나 티보 씨는 대꾸의 여지도 주지 않을 기세로 다시 말하였다.

"자, 앙투안, 자크를 제 방으로 데리고 가거라. 그런 추태는 이젠 지긋지긋하다."

그러고는 앙투안이 자크를 앞세우고 마치 사형수가 사형 집행장으로 끌려나가는 것처럼 하녀들이 벽 곁으로 비켜서 있는 복도로 사라지자, 티보 씨는 여전히 눈을 내리깐 채 다시 서재로 들어가 문을 닫았다.

그는 서재에 이어져 있는 침실로 들어갔다. 그곳은 예전에 그의 양친의 방이었는데 일찍이 어렸을 때부터 그가 루앙 근처에 있던 아버지의 공장 사무소 안에서 보았던 그대로였으며, 또한 그가 상속받아 파리로 법을 공부하러 왔을 때 가지고 온 그대로였다. 마호가니 옷장, 볼테르 양식의 의자 몇 개, 푸른 레이스의 커튼들, 아버지가 먼저 돌아가시고 그 뒤를 이어 어머니가 돌아가신 침대, 그리고 티보 부인이 손수 수놓은 융단이 깔려 있는 기도대 앞에는 그리스도의 초상이 걸려 있었다. 그것은 몇 달 동안의 사이를 두고 그가 손수 아버지와 어머니에게 쥐어 드렸던 것이었다.

그곳에서 그는 홀로 자기 자신으로 돌아가서 어깨를 웅크리고 있었다. 그의 얼굴에서 피로의 가면이 벗겨져 내리는 것 같았고, 얼굴 윤곽이 소박한 표정으로 변하여 어렸을 때 사진 속의 모습과 비슷하게 되었다.

그는 기도 드리는 의자 앞으로 가 힘없이 몸을 놓으며 무릎을 꿇었다. 그러고는 두툼한 두 손을 익숙한 솜씨로 마주 쥐었다. 지금 이곳에서의 그의 동작 하나하나는 무엇인가 익숙하고 비밀스러운 것, 자기 혼자만의 것이었다.

그는 생기 없는 얼굴을 쳐들었다. 그리고 그의 시선이 속눈썹 사이로 가지런히 새어나와 곧장 십자가로 쏠렸다. 그는 그의 실망과 새로운 시련을 하나님께 바치고 있는 것이었다. 그리고 마음속으로부터 모든 원한을 풀어 버리고 아비로서 길 잃은 자식을 위해 기도하고 있었던 것이다.

기도대 밑의 종교서들 틈에서 묵주를 꺼내 들었다. 그것은 그가 첫 성체 배수 때 받은 묵주로 40년이나 매만져서, 지금은 그의 손가락 사이를 저절로 굴러가는 묵주였다. 그는 다시 눈을 감았다. 그러나 그의 이마는 그대로 그리스도의 초상을 향하고 있었다. 그의 일상 생활에 있어서 그의 이 내면적 미소와 꾸밈없는 행복한 얼굴을 본 사람은 아무도 없었다. 입술 사이로 무슨 말인가 중얼거리자 그의 아랫볼이 약간 떨렸다. 그리고 칼라에서 목을 뽑으려고 일정한 사이를 두고 끄덕거리는 머리는 하나님의 보좌 아래서 향로(香爐)를 흔들고 있는 것 같았다.

이튿날 자크는 흩어진 침대 위에 외로이 걸터앉아 있었다. 방학도 아닌데 이처럼 자기 방안에서 지내고 있는 이 토요일 아침—그는 자기가 앞으로 어떻게 될 것인지 모르고 있었다.

그는 학교와 역사 시간 그리고 다니엘을 생각해 보았다. 별로 집에서 들어보지 못하던 그리고 지금의 그에게는 적의를 품은 것만 같이 느껴지는 아침 나절의 소리들 — 양탄자를 쓰는 소리, 지나가는 바람에 삐걱거리는 문소리들이 들렸다.

그는 완전히 기가 죽은 것은 아니었다. 오히려 홍분된 상태였다. 그러나 이렇듯 하릴없이 앉아 있다는 것 그리고 집안을 감돌고 있는 희미한 위협이 견딜 수 없이 불쾌했다. 그는 속 시원히 헌신할 수 있는 기회, 그 숨막힐 듯한 마음속에 꽉 들어찬 애정을 한꺼번에 쏟아 버리게 해 줄 영웅적이며 엄청난 희생을 할 수 있는 기회가 왔으면 싶기도 하였다. 그러면서도 그는 때때로 자기 연민에 빠져 머리를 번쩍 쳐들고는 알아주지 않는 사랑과 증오와 자부심이 한데 뭉친 비뚤어진 쾌감의 한순간을 맛보았다.

누군가 자물쇠의 손잡이를 돌렸다. 지젤이었다. 머리를 감고 난 후라 곱슬거리는 머리카락을 어깨 위에 늘어뜨리고 있었다. 속옷 위에는 짧은 바지를 입고 있었다. 목, 팔, 종아리는 갈색이고 헐렁한 바지, 강아지 같은 눈, 싱싱한 입술, 헝클어진 머리카락은 흡사 알제리 소년과도 같은 모습이었다.

"뭐하러 왔어?"

자크는 퉁명스럽게 말했다.

"오빠."

소녀는 자크를 빤히 바라보면서 말하였다.

올해 열 살이 된 지젤은 지난주 동안 집안에 무엇인가 일이 벌어졌음을 눈치챘다. 이제야 자크가 돌아왔다. 그러나 아직 모든 것이 제자리로 돌아오지는 않았다. 지금도 제 머리를 빗겨 주고 있던 아주머니가 티보 씨에게 불려 가면서, 가만히 기다리고 있으라고 머리를 헝클어뜨린 채로 자기를 내버려두지 않았던가?

"누가 왔어?"

자크가 물었다.

"신부님이 왔어."

자크는 눈살을 찌푸렸다. 소녀는 침대 위에 있는 자크 곁으로 가 앉았다.

"가엾은 자크."

소녀는 속삭였다.

이 애정의 표시가 자크에게는 한없이 반갑고 고마워서 그는 소녀를 무릎 위에 올려놓고 입을 맞춰 주었다. 그러나 그는 밖에서 나는 소리에 귀를 기울이고 있었다.

"얼른 가, 누가 온다."

그는 소녀를 복도 쪽으로 떠밀며 나직이 말하였다.

그러고 나서 그에게는 침대에서 뛰어내려 겨우 문법책을 펼쳐 들 만한 시간밖에 없었다. 베카르 신부의 목소리가 문 건너편에서 높이 들려왔다.

"잘 있었니, 지젤? 자크는 방에 있니?"

그는 들어와 문 앞에서 주춤했다. 자크는 눈을 내리깔고 있었다. 신부는 가까이 와서 자크의 귀를 꼬집었다.

"굉장한 짓을 했더군."

그는 말하였다.

그러나 소년의 시무룩한 표정을 보고 그는 곧 태도를 달리하였다. 자크를 대할 때마다 그는 항상 신중히 행동하곤 했다. 수시로 길을 잃어버리는 이 어린양에게 그는 호기심과 존경심이 뒤섞인 특별한 애정을 느끼고 있었다. 거기에 어떠한 힘이 숨어 있는가를 그는 잘 아는 것이었다.

베카르 신부는 의자에 앉아 소년을 자기 앞으로 불렀다.

"그래, 아버님께 용서는 빌었겠지?"

그는 뻔히 알면서도 그렇게 물었다.

자크는 신부가 모른 척하고 묻는 꼴이 미웠다. 그는 신부를 힐끗 쳐다보고는 고개를 저었다.

"애, 자크야."

신부는 약간 상심한 듯 머뭇거리는 목소리로 말을 이었다.

"정말 난 몹시 섭섭하구나. 지금까지 나는 네가 잘못하는 일이 있어도 아버님께 늘 너를 변명해 왔다. 나는 이렇게 말씀드리곤 했지. '자크는 착한 마음을 가지고 있어요. 마음속에 훌륭한 것을 지니고 있어요. 참고 기다립시다.' 그런데 오늘 와선 뭐라고 말해야 좋을지 모르겠구나. 그보다 중요한 건 내가 어떻게 생각해야 옳을지 모르겠다는 거다. 나는 너에 관해 나로선 도저히 생각할 수조차 없는 말들을 들었다. 여기에 대해선 다음에 다시 말하기로 하자. 그런데 난 이렇게 생각했단다. '자크도 많은 생각을 해 보았을 테니 뉘우치고 돌아올 것이다. 그리고 진심으로 뉘우친다면 속죄되지 않는 잘못이란 없다.' 그런데 그러기는커녕 넌 얼굴을 찌푸리고 반성하는 태도라곤 조금도 보이지 않고 눈물 한 방울 흘리지 않고 돌아왔다. 이번엔 아버님께서도 크게 실망하고 계시다. 내가 보기에 퍽 딱하실 정도야. 네 마음이 이토록 메말라 버렸으니 도대체 어느 정도까지 타락을 했는지 모르시겠다고 하시더라. 그리고 나 역시 그런 생각이 드는구나."

자크는 목에서 울컥 울음이 터져나오지 않도록, 얼굴의 근육 하나라도 그러한 감정을 나타내지 않도록 포켓 속에 주먹을 꽉 움켜쥔 채 턱을 가슴팍 쪽으로 힘을 주어 박고 있었다.

아버지에게 용서를 구하지 않은 것이 그에게 얼마나 괴로운 일이었으며, 자기도 다니엘처럼 맞아 주었더라면 얼마나 기꺼운 눈물을 흘렸을 것인가. 그것을 아는 사람은 오로지 자기 자신밖에 없는 것이다. 그렇다. 그렇게 된 바에는 아버지에 대한 자기의 심정, 원한이 섞인 동물적 애정 그리고 서로 주고받을 수 있다는 희망을 더 이상 가질 수 없게 된 후로 오히려 더 강렬해지는 이 동물적인 애정을 아무도 눈치채지 못하도록 하자.

신부는 입을 다물고 있었다. 온화한 그의 얼굴이 침묵을 더욱 무겁게 하고 있었다. 이윽고 먼 곳을 바라보며 아무런 서두름도 없이, 그는 읊조리는 목소리로 말을 시작하였다.

"어떤 사람에게 두 아들이 있었단다. 그런데 그의 둘째아들이 재물을 몽땅 모아 가지고 멀리 이역 땅으로 가서는 허랑방탕하여 그 재산을 다 허비하였단다. 모든 재물을 다 없애고 난 뒤에 깨닫고 가로되 '나는 일어나서 아버지에게 돌아가 말하리라. 아버지, 저는 하늘과 아버지께 죄를 지었으니, 지금부터는 감히 아들이라 일컬음을 감당치 못하겠나이다 하리라'. 그는 일어나서 아버지에게 돌아갔지. 그런데 그가 아직 멀리 있었음에도 아버지가 알아보고 아들을 측은히 여겨 달려와 품에 안고 입을 맞추었단다. 아들이 말하기를 '아버지, 저는 하늘과 아버지께 죄를 지었으니 지금부터는 감히 아들이라 일컬음을 감당치 못하겠나이다⋯⋯.'"

지금 자크의 슬픔은 그의 의지보다 컸다. 그는 드디어 울음을 터뜨리고야 말았다. 신부는 어조를 달리하여 말했다.

"나는 네가 마음속까지 나쁜 아이는 아니라는 것을 알고 있단다. 오늘 아침 너를 위하여 나는 미사를 드렸지. 자, 너도 탕자처럼 해라. 아버님께로 가거라. 아버님께서도 측은히 여기실 게다. 그리고 이렇게 말씀하실 것이다. '기뻐하라, 잃었던 내 아들을 다시 찾았노라.'라고."

그때 자크는 자기가 돌아왔을 때 현관 촛대에 불이 켜져 있던 것과 아버지가 프록코트를 입고 있던 것을 생각하였다. 그리고 준비되어 있던 환영 축하가 어쩌면 자기 때문에 엉망이 되었는지도 모른다는 데 생각이 미치자 그의 마음은 훨씬 누그러졌다.

"또 한 가지 네게 말할 것이 있다."

신부는 자크의 갈색 머리를 쓰다듬어 주면서 말했다.

"아버님은 너에 관해서 어떤 중대한 결정을 하셨는데 그 결정을......"

여기서 신부는 망설였다. 그러고는 그다음 말을 생각하며 우뚝 선 귓바퀴를 자꾸만 어루만졌다. 귀는 뺨 위로 접혀져 내렸다가 다시 용수철처럼 퉁기곤 하였다. 귀는 점점 새빨갛게 변했다.

자크는 꼼짝도 할 수 없었다.

"......그 결정을 나도 찬성했다."

신부는 둘째손가락을 입술에 갖다 대고, 집요하게 소년의 시선을 따라가면서 힘을 주어 말하였다.

"너를 얼마 동안 다른 곳으로 보내려는 생각이시다."

"어디로요?"

자크는 목멘 목소리로 물었다.

"그건 아버님께서 말씀하실 거다. 하지만 지금은 어찌 생각되든 간에 네가 잘되라고 하시는 처사인 줄로 알고, 뉘우치는 마음으로 그 징계를 달게 받아야 할 것이다. 아마 처음에는 여러 시간을 혼자서 자기 자신과 대하고 있는 생활이 괴롭기도 할 거다. 그런 순간에는 훌륭한 크리스천에게는 고독이란 없으며, 주님께서는 믿는 자를 결코 저버리시지 않는다는 것을 기억해야 한다. 자, 입을 맞춰 주렴. 어서 아버님께로 가서 사과하고 용서를 빌어라."

몇 분 후 자크는 눈물로 퉁퉁 부은 얼굴에 불타는 듯한 시선을 하고 자기 방으로 돌아왔다. 그는 거울 앞으로 걸어가서 눈 속까지 꿰뚫어볼 듯이 자기의 얼굴을 뚫어지게 들여다보았다. 마치 증오와 원한을 퍼부을 어떤 대상이 필요하기라도 한 듯이.

그때 복도를 걸어오는 발소리가 들렸다. 그의 방문에는 이미 열쇠가 없었다. 그는 문에다 의자로 바리케이드를 쌓았다. 그러고는 책상으로 달려가서 연필로 몇 줄 흘려쓰더니 봉투에 넣고 겉봉을 적은 다음 우표를 붙이고 나서 일어섰다. 마치 그는 정신이 나간 사람처럼 보였다.

이 편지를 누구에게 부탁할까? 내 주위에는 원수들뿐이다!

그는 창문을 열었다. 흐린 아침이었다. 한길에는 인기척이 없었다. 바로 그때 저편에서 늙은 여인과 어린아이가 천천히 걸어오고 있는 모습이 보였다.

자크는 편지를 길 위로 떨어뜨렸다. 편지는 빙글빙글 맴돌다 인도 위에 내려앉았다. 그는 얼른 뒤로 물러섰다. 다시 그가 머리를 밖으로 내밀어 보았을 때 이미 편지는 보이지 않았다. 여인과 어린애의 발자취가 멀어져 가고 있었다.

그러자 온몸의 기운이 다 빠져버린 그는 함정에 빠진 짐승 같은

신음 소리를 지르며 침대 위에 와락 엎드려 다리를 뻗치고 어쩔 수
없는 분노에 사지를 부들부들 떨면서, 소리를 내지 않으려고 베갯잇
을 물어뜯고 있었다. 지금의 그에게는 다만 자기의 그 절망의 광경
을 다른 사람에게 보이지 않고자 하는 의식만이 간신히 남아 있을
뿐이었다.

그날 저녁 다니엘은 다음과 같은 편지를 받았다.

벗이여, 나의 유일한 사랑하는 벗! 나의 인생의 정(情)이요, 미(美)
인 그대여!

나는 이것을 유언으로 너에게 쓴다.

그들은 나를 너에게서 떼어놓고, 모든 것으로부터 떼어놓아 어떤
곳에 넣으려고 한다. 어떠한 곳인지, 어디 있는 곳인지, 나에게는 그
것을 말할 용기조차 없다. 나는 아버지 때문에 부끄럽다.

나는 너를, 나의 유일한 벗이며 나를 선량하게 만들 수 있는 오직
단 하나의 벗인 너를 다시는 만나지 못하게 될 것 같다.

아듀! 벗이여, 아듀!

그자들이 나를 너무나 불행하게 하고, 너무나 고통스럽게 한다면,
나는 자살을 할 생각이다. 그때는 내가 자진하여 죽었다는 것, 그들
때문에 죽었다는 것을 그들에게 말하여다오. 그렇지만 나는 그들을
사랑하였다.

그러나 저승 문 앞에서 내가 마지막으로 생각할 사람은 나의 벗, 너일 것이다.

아듀!

작가와 작품 해설

로제 마르탱 뒤 가르의 생애와 작품 세계

로제 마르탱 뒤 가르(Roger Martin du Gard)는 1881년 3월 23일 파리에서 태어났다. 그의 부친은 소송대리인이고, 조부도 소송대리인이었다. 그의 모친은 증권중개인의 딸이었다. 열한 살 때 그는 자유사찰들(일정한 교구에 소속되어 있지 않은 사제)이 경영하는 통학 중학교 에콜 페르롱에 입학했다. 그들 사제 중의 한 사람인 마르셀 에벨 신부는 그에게 유독 호감을 주어 로제 마르탱 뒤 가르는 그를 지도교사로 선택했다. 에콜 페르롱의 학생들은 리제 콩도르세에서 공부하게 되었는데, 거기서 로제 마르탱 뒤 가르는 우연하게 가스통 갈리마르를 사귀게 된다. 후일의 작가와 출판업자의 사이에 굳은 우정이 싹트게 된 것이다.

로제 마르탱 뒤 가르는 그다지 뛰어난 학생은 아니었다. 그가 제3 학급을 수료하자, 그의 부친은 리세 장손 드 사이의 교수 맬리오 씨에게 그를 기숙생으로 보낸다. 당시의 생활은 수개월의 체류에 불과했지만 로제 마르탱 뒤 가르의 생에 결정적인 영향을 미치게 된다. 맬리오 씨 덕분에 분석과 고찰에 익숙해진 로제 마르탱 뒤 가르는 대학 입학 자격시험에 합격한 후 고문서학교의 시험에도 합격하게 된다. 그리고 1900~1901년, 그는 소르본 대학에서 몇 가지 학사증의 준비를 한다.

1902년에는 르앙에서 복역하고, 1903~1905년에는 에콜 드 샤르트에 유학한다. 그리고 그곳에서 졸업 논문으로 '주미에주 대수도원의 붕괴'에 관한 학위 논문을 제출하여 고전학교 졸업증을 받는다. 에콜 드 샤르트의 교육은 그의 정신에 커다란 흔적을 남긴다. 그는 주도면밀한 자료수집에 먼저 몰두하지 않고서는 아무리 자세한 확증이라도 인정하지 않는 역사가들의 본보기가 되기 때문이다. 그리고 후일 『장 바루아』, 『티보 가의 사람들』, 『모모르 대령의 회상』을 준비할 때 당시의 여러 사건에 관한 자료수집에 많은 시간을 소비하는 것도 역시 교육의 영향 때문인 듯하다.

1906년에 에콜 드 샤르트를 졸업한 후 수주일이 지나서 로제 마르탱 뒤 가르는 에레느 후코 양과 결혼한다. 1908년에는 정신의학에 관한 지식을 쌓기 시작하여 '삶을 받아들이는 사람들과 삶을 거부하는 사람들'을 구분할 수 있게 된다.

1908년 봄에 로제 마르탱 뒤 가르는 새 소설에 착수하고, 곧 『성취』가 자비 출판으로 오랄돌프 사에서 출판된다.

그 외에 1913년 『장 바루아』, 1921년 『증언』, 1923년 『를뢰 영감의 유언』, 1928년 『부풀음』, 1932년 『말없는 사나이』, 1933년 『옛 프랑스』 등의 문학작품이 있으나 필생의 걸작으로 로제 마르탱 뒤 가르를 세상에 알린 것은 『레 티보』이다.

이 『회색 노트』는 로제 마르탱 뒤 가르의 대표작인 이른바 대하소설 『레 티보』의 제1부에 해당된다. 이 작품은 총 7부작으로 이루어져 있는데 제1차 세계대전을 앞둔 근 20년이란 기간 동안에 프랑스, 주네브, 비엔나, 앙베르, 베를린, 브뤼셀, 암스테르담 등의 공간으로 설정된 웅대한 작품이다. 각 권마다 각각 다르게 제목이 붙어 있는데, 제1부는 『회색 노트』(1922), 제2부는 『소년원』(1922), 제3부는 『아름다운 계절』(2권, 1923), 제4부는 『진찰』(1928), 제5부는 『라 소렐리나』(1929), 제6부는 『아버지의 죽음』(1929), 제7부는 『1914년 여름』(3권, 1936)으로 구성되어 있다. 7부작 전 10권에 달하는 방대한 이 작품은 그 뒤 1940년에 제8부 『에필로그』한 권을 더 첨가하게 된다.

로제 마르탱 뒤 가르는 프랑스의 소설가이며 극작가로서, 이 『티보 가의 사람들』로 1939년에 노벨 문학상을 수상하게 된다. 이 작품은 신구 질서의 대립과 가톨릭 및 프로테스탄트의 대립 등 끊임없이 변화하는 사회 현실을 정면에서 포착한다.

그의 문단생활은 지극히 담담한 것이어서 어느 파에 속하여 논쟁하기를 싫어해서 독자적 위치를 지키면서 작가들 사이에 우정을 유지하는 데 흔히 숨은 역할을 담당하였다고 한다. 그가 자기 자신을 내세우기를 무척 싫어하여 자기 자신에 관한 이야기를 도무지 하지 않았기 때문에 평론가, 전기작가들을 당황케 하였다는 사실이 하나의 전설처럼 알려져 있는 것을 보아도 로제 마르탱 뒤 가르가 문학가로서 얼마나 특이한 존재였는가를 알 수 있다. 문단생활에 있어서 항상 그를 격려하였으며 만년에 이르기까지 그와의 교우를 그렇게도 소중하게 여겼던 앙드레 지드보다 7년 뒤인 1958년에 로제 마르탱 뒤 가르는 세상을 떠났다. 아무 파에도 속하지 않았던 그는 휴머니스트의 의식으로 인간상을 묘사했던 것이다.

작품 줄거리 및 해설

이 소설에서는 20세기 초의 두 가정, 가톨릭인 티보 가와 신교도인 드 퐁타냉 가의 생활을 묘사하고 있다. 『티보 가의 사람들』의 전체 줄거리를 대략 요약하면 다음과 같다.

티보 가의 부친은 독재적인 부자로서 사사건건 봉건적인 규율을 자식들에게 강요한다. 장남인 앙투안은 사회 봉사에 일생을 바친 뒤 의사가 된다. 차남인 자크는 사회에 반항하는 혁명가가 된다. 열네 살인 자크 티보와 다니엘 드 퐁타냉은 한 권의 회색 노트를 사용하여, 신상에 관한 이야기와 시를 서로 교환하여 보고 있었다.

어느 날 그 노트가 어른들에게 발각되어 꾸중을 듣게 되자, 두 소년은 집을 뛰쳐나간다. 그러나 그들은 다시 집으로 끌려오게 되고, 자크는 감화원에 수용된다. 어느 날 형인 앙투안은 동생을 면회하러 갔는데, 그는 기운이 하나도 없이 축 늘어진 소년이 되어 있었다. 앙투안은 동생을 끌어내어 자기가 맡아 기른다. 여기까지가 『회색 노트』의 줄거리이다.

자크는 상급학교의 시험에 합격하여 희망을 되찾게 되었다. 상급학교에 입학한 자크는 어느 날 밤 하찮은 일로 아버지와 말다툼을 하게 되어 두 번째 가출을 한다. 형인 앙투안은 자크의 행방을 끝내 찾을 수 없었다. 3년 뒤인 어느 날 병든 아버지를 간호하는 앙투안에게 한 통의 편지가 날아왔다. 그 편지에 의하면 자크는 스위스에서 소설을 발표했다고 한다. 앙투안은 스위스에서 자크를 불러들이지만, 그때 아버지는 이미 의식을 잃고 죽음 직전에 있었다.

1911년 유럽에 드디어 전쟁이 터졌다. 자크는 스위스의 평화운동에 가담하여 전쟁을 미연에 방지해 보려 하지만 끝내 전쟁은 터지고 만다. 자크는 쌍방 군대에게 전쟁을 중지하도록 비행기를 타고 선전 전단을 뿌리지만 비행기가 추락하여 중상을 입게 되고, 나중에는 스파이로 오인되어 살해되고 만다. 형인 앙투안도 전쟁터에 나가지만 독가스의 희생자가 된다. 그는 동생인 자크와 다니엘의 누이동생인 제니와의 사이에 태어난 아들 장 폴에게 모든 희망을 걸고 수많은 교훈, 특히 어리석은 전쟁을 반복해서는 안 된다는 훈계를 남긴 채 숨진다.

이 대하소설의 작자인 로제 마르탱 뒤 가르는 전 8부 11권으로 된 이 소설을 쓰기 위하여 20여 년의 세월을 보내야만 했다. 아름다운 청춘과 추악한 전쟁을 대조적으로 묘사한 소설로서, 한없이 아름다운 소설이라는 평을 받고 있다.

작가 연보

1881년   3월 23일 파리에서 태어남.

1891년(10세)   자유사찰들(일정한 교구에 소속되어 있지 않은 사제)이
                 경영하는 통학 중학교 에콜 페르롱에 입학.

1900년(19세)   1901년까지 소르본 대학에서 몇 가지의 학사증을 준비
                 함.

1902년(21세)   르앙에서 복역.

1903년(22세)   1905년까지 에콜 드 샤르트에 유학. 졸업 때 '주미에주
                 대수도원의 붕괴'에 관한 학위 논문을 제출하여 고전학
                 교 졸업증을 받음.

1906년(25세)   에콜 드 샤르트 졸업 후 수주일이 지나서 로제 마르탱
                 뒤 가르는 에레느 후코 양과 결혼함.

1908년(27세)   정신의학에 관한 지식을 쌓기 시작하고 '삶을 받아들이
                 는 사람들과 삶을 거부하는 사람들'과의 구분을 알게 됨.
                 『성취』가 자비 출판으로 오랄돌프 사에서 나오게 됨.

1913년(32세)   『장 바루아』 발표.

1921년(40세)   『증언』 발표.

1922년(41세)   『회색 노트』(『레 티보』 제1부), 『소년원』(『레 티보』 제

2부) 발표.

1923년(42세)	『아름다운 계절』(『레 티보』 제3부), 『를뢰 영감의 유언』 발표.
1928년(47세)	『진찰』(『레 티보』 제4부), 『부풀음』 발표.
1929년(48세)	『라 소렐리나』(『레 티보』 제5부), 『아버지의 죽음』(『레 티보』 제6부) 발표.
1932년(51세)	『말없는 사나이』 발표.
1933년(52세)	『옛 프랑스』 발표.
1936년(55세)	『1914년 여름』(『레 티보』 제7부) 발표.
1939년(58세)	『티보 가의 사람들』로 노벨 문학상을 받음.
1940년(59세)	『에필로그』(『레 티보』 제8부) 발표.
1958년(77세)	세상을 떠남.